음식풍경

컬처그라퍼는 우리 시대의 문화를 기록하고 새롭게 짓는
(주)안그라픽스의 출판 브랜드입니다.

FOODSCAPE

김옥철 지음

컬처그라퍼

여행과 음식

여행과 음식은 한 몸이다

어린 시절 가족들과 함께 유원지에라도 가려면 어머니는 찬합 가득 가족들이 먹을 음식을 준비하셨다. 그 시절 여느 가정에서나 마찬가지였겠지만, 외식 문화가 발달하기 전 여행에서 음식은 직접 준비해 가야 했다. 이렇듯 예전부터 여행과 음식은 동전의 앞뒤처럼 한 몸이었다.

과거의 여행이 여행지에서 무엇을 할지, 무엇을 볼지 등 목적지와 일정을 먼저 계획한 뒤 음식이 부수적으로 따라오는 것이었다면, 최근에는 먹고 싶은 계절 음식, 특산 음식을 먹기 위해 여행을 떠나는 이들도 있다. 아마도 그들은 음식이 단지 허기를 채우기 위한 부수품이 아니라 아름다운 풍광을 지닌 여행지에서 먹는 음식의 맛과 즐거움에 여행의 참맛이 몇 배로 커진다는 사실을 잘 알고 있는지도 모른다.

여행 본능

인류의 진화 역사를 살펴보면, 약 200만 년 전 아프리카에서 호모에렉투스가 출현했고, 이들은 수렵이나 채집을 위해 세계

곳곳으로 이동했다. 당시 호모에렉투스의 하루 이동 거리는 30km 이상이었고, 1만 년 전 인류는 특정 지역에 머무르며 농경을 시작했다. 이를 바탕으로 추론하면 인간의 DNA에는 199만 년의 이주 본능과 1만 년의 정주 본능이 함께 새겨져 있을 것이다. 직장이나 생활 근거가 되는 장소에 정착해 살면서 여행을 꿈꾸는 것은 그런 인간의 DNA에서 비롯되었다고 할 수 있다.

사람들은 가장 좋아하는 일로 여행을 꼽는다. 여행에서 돌아오는 길에 다음 여행 계획을 세우듯, 인간은 본능적으로 여행하도록 설계되어 있다. "I travel, therefore I am 나는 여행한다. 그러므로 나는 존재한다"는 지극히 옳은 명제다.

요리 본능

유인원에서 현재의 인류로 진화한 요인들을 불의 발견, 도구의 사용, 언어의 사용 등 여러 가설로 설명해왔던 문화 인류학자들 사이에서 최근 새롭게 등장한 이론은 요리의 발명이다. 지구상의 모든 생명체가 자연에서 습득한 식재료를 그대로 섭취하는데, 오직 인간만이 요리를 통해 음식으로 변화시켜 먹는다. 요리는 일종의 외부 소화 기관 역할을 하며 많은 영양분을 섭취할 수 있게 해준다. 요리된 음식을 먹으면서 인간의 두뇌 용적은 커지고, 이를 통해 기억하고 생각하며 창조 능력을 지닌다. 음식학자들은 크게 두 가지로 인간과 동물을 구별 짓는다.

첫째 인간은 요리하는 동물이다.

둘째 인간은 함께 먹는 동물이다.

요리는 200만 년 전 호모에렉투스 시절 불을 이용하며 시작된 문명이고, DNA에 새겨진 본능이다. 인간의 오늘은 요리가 있었기에 가능했고, 요리를 통해 내일을 만들어간다.

여행과 미식의 동맹

1만 년 동안 정주하며 199만 년 동안의 이동 본능을 억제해온 인간의 욕망은 증기기관의 발명과 산업 사회로 들어서 기차, 자동차를 만들면서 폭발했다. 20세기 초 프랑스의 미식 문화를 이끌었던 퀴르농스키는 미쉐린 타이어 회사에서 창간한 일간지 〈자동차〉에 매주 글을 쓰며 자동차 시대의 도래를 "자동차를 발명하면서 인간은 신을 뛰어넘었다"고 예찬했다.

그는 프랑스의 여행, 관광 산업을 발전시키려면 각 지역에 숨겨진 맛있는 요리들을 발굴해서 소개하는 것이 중요함을 역설하며 1921년부터 『La France Gastronomique 가스트로노미크의 프랑스』라는 제목으로 지역별로 세분화된 28권의 미식 가이드를 출간했다. 그 후 프랑스 각 지역의 특산물과 요리를 한 권으로 정리한 『Le Tresor gastronomique de la France 프랑스 미식의 보물창고』를 출간하며, 책의 서문에 "외국인들에게 프랑스의 다채로운 매력과 즐거움을 알리기 위해 관광과 미식의 신성 동맹"을 선언했다.

미쉐린이라는 타이어 회사가 레스토랑 평가서로 세계적 권위를 누리는 미쉐린 가이드를 출간한 것은 이례적인 일로 보이지만, 100년 전 여행과 미식의 동맹을 얘기했던 프랑스에서는 지극히 자연스러운 일이다.

여행과 미식의 공통점

한국 사람들의 단체 여행 방법은 세 가지로 구분할 수 있다. 첫째는 일주일에서 열흘 정도 여행사 패키지 투어를 하면서 한꺼번에 몇 개 나라, 많은 도시를 들르는 여행이다. 되도록 많은 장소에 들러 기념 사진을 남기는 여행으로, '물리적 여행'으로 분류할 수 있다. 둘째는 성지순례, 미술관 투어 등 특정한 주제를 정해 이 주제에 맞는 장소를 찾아가는 심층적인 여행으로, '화학적 여행'이라고 부를 수 있다. 마지막으로는 마음에 맞는 친구 혹은 전문가들이 함께 여행하면서 서로의 생각을 나누고 배우는 여행으로, '소셜 여행'이라고 정의할 만하다.

미식에도 같은 생각을 적용해보면, 맛난 음식들을 찾아 양적으로 많이 먹는 것을 '피지컬 다이닝Physical Dining'으로 분류할 수 있고, 특정 식재료 혹은 지역 음식을 정해 집중적으로 다양한 요리를 경험하는 것을 '케미컬 다이닝Chemical Dining'이라 할 수 있다. 마지막으로 마음 맞는 사람들과 대화를 나누며 즐거운 분위기에서 함께 음식을 먹는 것, 그리고 이것이 진정한 미식이라고 생각하는 것을 '소셜 다이닝Social Dining'이라 할 수 있다. 이때는 테이블 위에 어떤 음식이 놓여 있는지보다 옆에 누가 있는지가 더 중요한 미식의 조건이 된다.

사람들이 여행하는 방식과 음식을 즐기는 방법은 훨씬 다양하다. 다만 많은 사람이 첫 번째 여행과 음식을 탐하며, 이보다는 적지만 두 번째 여행과 음식을 찾는 것이 새로운 트렌드로 자리 잡고 있다. 세 번째는 아직 소수지만, 미래의 여행 형식이자 미식의 지향점이 되어야 할 줄로 믿는다.

여행은 새로운 눈을 갖는 것

이 책은 여행 잡지와 음식 잡지를 발행하는 필자가 열 차례 미식 여행을 하면서 보고 듣고 경험하고 느꼈던 내용들을 기록한 것이다. 무엇보다 고마운 일은 그동안 함께 여행했던 다양한 분야의 전문가들인 그들은 여행에서 언제나 남을 배려하고 지식을 나눠주는 데 앞장서 주었다. 덕분에 2012년 6월 터키 순례로 시작한 미식 여행을 2017년 2월 멕시코, 쿠바를 마지막으로 무사히 마칠 수 있었다.

오감으로 체험하는 음식의 기억은 강렬하다. 열 차례 미식 여행에서 방문했던 도시와 명소들의 기억은 희미하지만, 들렀던 음식점들과 먹었던 음식들의 기억은 또렷이 남아 있다. 음식을 통해 기억을 되살리고, 자신감을 얻는 것을 '프루스트 현상The Proust Effect'이라고 한다. 프랑스의 소설가 마르셀 프루스트는 홍차에 적신 마들렌을 먹으면서 냄새와 맛으로 기억을 되살려 『잃어버린 시간을 찾아서』라는 소설을 완성했다. 여행을 즐겼던 그는 "진정한 여행은 새로운 풍경을 찾는 것이 아니라 새로운 눈을 갖는 것"이라고 했다.

이 책을 읽을 독자들 역시 여행과 음식을 통해 자신만의 새로운 눈, 자신만의 감성이 넘치는 자유를 누리기 바란다. 여행의 주체는 바로 자신이며, 음식을 먹고 맛을 느끼는 것도 바로 자신의 몸을 통한 자신의 오감이기 때문이다. 여행과 음식을 통해 자신의 인생이 온전히 자신의 것이고 인생의 주체가 자신임을 깨달을 때 우리의 삶은 더욱더 동적이며 긍정적이 된다.

여행에서 중요한 일이 음식임을 체험하며, 여행의 주제이기도 했던 미식 여행을 점차 업그레이드해가며 드디어는 2014년 미식을 표방하는 음식 잡지를 창간하게 되었다. 이는 함께 여행하고 함께 체험했던 사람들을 통해 음식에 대한 새로운 눈을 가질 수 있었기에 가능한 일이었다. 이 책의 지면을 빌려 여행을 사랑하고, 음식을 사랑하는 모든 분에게 무한 감사를 올린다.

미식을 생각하다

요리를 욕망하다

몇 해 전부터 TV에서 가장 많이 접하는 프로그램은 단연코 음식 관련 방송이다. 예전의 음식 방송이 전국의 맛집을 찾아다녔다면, 지금은 직접 키운 식재료로 요리하고, 음식을 비평하고, 미식을 논하는 방송이 인기다.

빈곤의 시대를 경험한 우리나라는 20세기 중반까지 먹는 문제의 해결이 가장 중요한 과제였다. 그랬던 것이 이제는 국민 소득

3만 불 시대2018년 1인당 국민총소득 3만 1,349달러가 되면서 배불리 먹는 포식을 넘어 미식美食의 시대가 열렸고, TV는 물론 SNS를 통해 그를 실감하게 된다. 그러나 아직은 제대로 된 미식 문화가 아닌 어지러운 음식 문화의 홍수 속에 살고 있다. 미식의 개념도 오직 맛만을 추구하는 미식味食과 혼동되며, 고메Gourmet, 가스트로노미Gastronomy, 푸디Foodie 같은 외래 용어들이 함께 사용되는 등 아직은 제대로 정의되지 못한 실정이다.

먹는 즐거움의 길라잡이

음식 역사에서 중요한 것이 프랑스에서 시작된 레스토랑 문화다. 1789년 프랑스 혁명 전후 왕실과 귀족들의 집에서 일하던 요리사들이 실직하면서 그들은 생계를 위해 파리에서 식당을 차렸는데, 그것이 외식 레스토랑의 시작이다. 새로운 문화였을뿐더러 레스토랑이 제공하는 상류 사회의 음식들은 신흥 부르주아 계층들에게 낯선 것들이었다. 이들에게 좋은 식재료와 맛있는 음식에 대한 정보를 제공하는 것이 새로운 사업 모델이라고 생각했던 그리모 드 라 레니에르는 파리에서 1803년 1월 최초의 『미식가 연감』을 발행했다. 창간호의 머리말에 "혁명을 계기로 부를 거머쥔 파리의 졸부는 심장이 위장화하여 육체의 즐거움을 추구해 식욕을 채우는 것밖에 머릿속에 없다"고 쓰면서 그는 '먹는 즐거움의 길라잡이' 계몽 역할을 선언했다. 오늘날 프랑스 미식 문화를 선도하는 미쉐린 가이드의 원조 출판물인 셈이다.

미식이란 무엇인가

음식 문화의 발전에 기여해야 한다는 생각으로 콘텐츠의 중심을 미식에 둔 음식 잡지를 시작했다. 그리고 음식 문화에서 미식의 의미, 시대적 역할을 찾는 데 주력하기 위해 매달 음식 전문가들에게 '미식의 의미'를 주제로 원고를 받아 연재를 시작했다. 그들의 글을 읽어보면 그들 대부분이 음식의 맛보다는 식재료의 중요성, 누구를 위해 만든 음식인가, 누구와 함께 음식을 먹는가, 배고픈 사람은 없는가, 환경을 생각하는가 등을 미식의 중요한 관점으로 생각하고 있다는 사실을 알 수 있었다.

생각의 발효

미식에 대한 생각을 정리하던 중 심리학에서 유명한 매슬로의 욕구 5단계를 차용해 인간의 5단계 욕망을 음식에 대한 욕망으로 바꿔보았다.

1단계 생리적 욕구를 위해서는 적절한 양의 맛있는 음식을 지속해서 먹어야 하며, 2단계 안전을 위해서는 건강하고 안전한 식품이 공급되어야 한다. 3단계 소속감과 애정의 욕구는 마음 맞는 좋은 사람들과 함께 식사할 때 가장 즐겁고, 4단계 존경받고자 하는 욕구는 음식이 만들어지는 모든 과정에 대한 존중이 먼저임을 강조했다. 우리가 먹는 모든 음식의 재료는 그것이 채소, 생선, 고기 또는 다른 어떤 것이든 한때는 생명체였기에 소중히 여겨야 하며, 식재료 생산자, 유통자, 음식을 만드는 모두를 존중하는 것이 우리가 존경받는 지름길이다. 마지막 5단계 자아실현은 음식을 직접 만들어 사랑하는 가족과 주위 사람들을 대접하며 자기 취향의 완성을 실현하는 일이다.

미식에 대해 이렇게 정리하고 보니 미식 개념의 발견이라는 생각에 스스로 뿌듯했다. 하지만 아쉽게도 학문적으로 연구한 것이 아니라서 이 생각을 일관성 있게 주장하기에는 무리가 있었다. 언젠가 이 개념을 대학에서 심리학을 가르치는 한 교수에게 말했더니, 또 다른 신의 한 수를 가르쳐준다.

"매슬로는 훗날 욕구 5단계의 마지막 단계인 자아실현을 분화, 심층적인 세 단계를 추가해 8단계로 발전시켰죠. 거기까지 적용해보시면 어떨까요?" 덕분에 나의 미식 개념은 한 번 더 진화했다.

밥심은 창의성의 원천

프랑스 음식 역사에서 최고의 미식 비평가로 인정받는 19세기 미식가 브리야 샤바랭은 미식에 대한 주옥같은 잠언을 많이 남겼다. 그중에서도 오늘날 가장 많이 인용되는 말은 "당신이 먹는 음식을 알려주면, 당신이 누구인지 말해주겠다"이다. 하지만 개인적으로 이보다 더 크게 공감하는 말은 "음식은 그 자체가 문화이면서 다른 모든 문화의 효소 역할을 한다"이다. 나의 미식 5단계는 함께 밥을 먹는 기회 덕분에 가능했던 '생각의 발효' 같은 것이었다. 어쩌면 식탁에서 자유롭게 나눈 얘기들은 음식이라는 효소를 통해 새로운 생각과 아이디어로 발전하는 것이 아닐까.

창의적 생각이 필요한 이들은 더 자주 남들과 밥을 먹어야 한다. "밥심으로 산다"는 옛말이 노동을 위한 힘의 원천이었다면, '21세기의 밥심'은 지적 창의성의 원천이 된다. 한국 사회가 온통 미식에 열광하는 것은 무죄이며 긍정적이다.

“당신이 먹은 것이 무엇인지 말해달라. 그러면 당신이 어떤 사람인지 말해주겠다 Tell me what you eat, and I will tell you what you are.”

음식과 관련해서 가장 많이 인용되는 이 말은 브리야 사바랭이 1825년 저서 『미식 예찬』에서 했던 말로, 종종 “You are what you eat(ate)”로 축약되어 사용된다. 『잡식 동물의 딜레마』 『요리를 욕망하다』 등 세계적 베스트셀러 저자 마이클 폴란은 이 말을 살짝 바꿔 "You are what you eat eats"로 표현했다. "당신이 먹는 음식이 곧 당신이다"라는 그들의 표현에는 분명 설득력이 있지만, 비판적인 견해 또한 만만치 않다. 가장 큰 거부감은 먹는 것으로 사람들을 구별하는 계급 차별적인 생각이다. 물론 그와 같은 일면을 전적으로 부인하기 어려운 것이 자본주의 사회의 현실이지만, 영국의 문화 평론가 스티븐 풀은 자신의 저서 『You aren't what you eat'미식 쇼쇼쇼'라는 제목으로 출간되었다』를 통해 "당신이 먹는 음식이 곧 당신이다"라는 표현을 날카롭게 비판했다. 여기서 그가 지적하는 것은 음식 자체가 아니라 음식에 대한 과도한 집착, 즉 광적인 푸디즘**Foodism**이다.

광화문 네거리에는 건축가 시저 펠리가 설계한 교보빌딩이 있다. 이 빌딩의 가장 멋진 역할은 '광화문 글판'이라고 불리는 대형 현수막에 계절마다 사랑과 희망의 메시지를 게재하는 일이 아닐까 싶다. 이곳에 걸리는 문안은 각 계절에 맞게 사람들이 어떤 감흥을 가질지를 최우선에 두고 작성된다. 이렇게 작성된 광화문 글판은 계절마다 감동을 전하며 하루하루 바쁘게 살아가는 서울 시민들을 위로한다. 아무튼 서울 시민 대부분은 교보생명이라는 보험회사의 사옥인 이 빌딩을 교보문고로 부를 테고, 나 또한 그렇다. 1980년 건물이 세워진 이래 40년 가깝도록 이 건물과 나의 연결 고리는 건물 지하에 있는 책방 교보문고를 들릴 때뿐이다. 요즘은 인터넷 서점을 이용하다 보니 이마저 소원해지고 있다. 빌딩 뒤편에는 출판문화를 상징하는 글자 조형물이 있는데 거기에는 “사람은 책을 만들고, 책은 사람을 만든다”라는 글귀가 있다. 교보생명의 창업자인 선대 회장이 건물을 짓고, 이곳 지하에 책방을 들이면서 했던 말이라고 한다. 책을 통해 배움을 쌓고 인간으로 성장할 수 있다는, 부연 설명 필요 없이 명쾌하게 그 뜻을 전달한다.

건축에도 이와 비슷한 말이 있다. “우리가 건축을 만들고, 건축이 우리를 만든다We shape our buildings, thereafter they shape us.” 2차 세계 대전을 연합국의 승리로 이끌어낸 영국의 정치인 윈스턴 처칠이 건축의 중요성을 강조하면서 했던 말이다. 건축이 인문학임을 강조하는 한 유명 건축가는 강연에서 빼놓지 않고 이 말을 인용한다. 그에 따르면 건축은 “공학적으로 구조물을 짓는 것이 아니라 공간과 그 속에서 살게 될 사람들의 삶을 설계하는 일”이다. 2017년 초 우리는 헌정 사상 최초로 현직 대통령이 탄핵되는 불행한 사태를 경험했다. 이 사태를 놓고 그는 “정치를 담는 그릇인 청와대와 국회의사당이 모두 거짓되고 허황된 건축”이기에 그 속에서 일했던 역대 대통령과 참모들, 국회의원들 또한 영향을 받을 수밖에 없고 불행한 역사를 반복하고 있다고 언급했다.

이처럼 건축이 우리 삶에 미치는 영향이 크다면, 확신하건대 음식이 미치는 영향은 더욱 클 것이다. 전직 대통령의 식습관에 대해서는 그간 알려진 바가 거의 없었지만, 탄핵 사태 이후 단편적으로 흘러나온 얘기에 따르면 대통령은 거의 혼자서 식사를 했다고 한다. 많은 음식 전문가가 한결같이 말하는 미식의 조건에는 식탁에 어떤 음식이 올라오는지보다 식탁에 누구와 함께 앉는지, 같이 식사하는 사람들의 중요성을 강조한다. 대통령의 식단에는 당연히 맛있고 몸에 좋은 음식들이 올라왔을 것이다. 하지만 좋은 사람들과 함께하는 식사의 즐거움이 부재한 밥상은 아무리 맛난 음식이더라도 단순히 끼니를 때우는 용도에 지나지 않았을지 모른다.

영장류에서 인류로 진화한 요인들을 살펴보면, 불의 발견, 도구의 이용, 언어의 사용 등 많은 고고인류학적 연구와 학설이 존재한다. 그중에서도 20세기 말 새롭게 등장한 이론에 따르면 '요리의 발견'이 인류 진화를 가능케 했다고 한다. 하버드 대학의 인류학과 교수이자 진화 인류학자인 리처드 랭엄은 고고학적 증거를 바탕으로 인류와 진화 역사를 파헤쳐 학술 논문을 발표하고, 하버드 대학에 인간 진화 생물학과를 설립했다.

그에 따르면 인류의 진화 역사에서 가장 중요하고 위대한 발견은 바로 요리다. 다시 말해 영장류에서 인간으로의 진화는 불의 발견이 아니라 정확히는 불로 음식을 요리했기 때문에 가능했다. 그의 저서 『요리 본능』은 인류의 음식과 요리를 새로운 시각에서 바라본 책으로, 2010년 영국의 BBC에서 다큐멘터리로 제작, 방영되기도 했다.

요리가 인간을 만든다

요리는 외부에 만들어진 소화 기관으로, 인간은 요리된 음식을 섭취하면서 두뇌 용적이 커지고, 그 두뇌를 활발히 사용해 도구 사용, 언어 습득 등 다른 진화 요인을 더 잘 활용할 수 있게 되었다. 또한 음식을 통해 영양분을 섭취하면서 인간의 수명뿐 아니라 인구가 폭발적으로 늘어났고, 도시가 만들어지고 문화가 발달했다. 자연 속에서의 인류 생존을 문화적 생활로 바꾼 것은 다름 아닌 요리된 음식이었다.

의식주는 인간이 삶을 누리는 기본적인 요소지만, 오늘날 세계가 지구촌화되면서 많은 사람이 비슷한 옷과 주택 환경에서 살아가고 있다. 반면 음식은 쉽게 변하지 않는 각 나라의 정체성을 구별 짓는 중요한 요인이다. 매일같이 우리가 섭취하는 음식들은 선조 때부터 이어져 온 것들이라 우리의 DNA와 밀접하게 연결되어 있을 뿐만 아니라 우리 몸속의 유익균인 장내 미생물과도 연관되어 있어 옷과 주택과는 달리 음식만큼은 쉽게 바뀌지 않는다. 음식에는 한 나라의 문화와 영혼이 담겨 있고, 그 문화는 우리를 규정짓는다.

2017년도 많은 사람이 한마음으로 외쳤던 광화문 촛불을 외신들이 '김치만큼이나 한국적'이라고 표현한 이유가 바로 여기에 있다. "우리가 김치를 만들고, 김치는 우리를 만든다."

봄나물의 향기

도다리쑥국

봄이 오면 늘 남도 여행을 꿈꾼다. 20여 년 전 여수에서 처음 맛보았던 향긋한 도다리쑥국은 신선한 음식 경험이었다. 서울에서 좀처럼 먹을 수 없는 도다리쑥국은 봄철에 잠깐 먹을 수 있는 음식이다. 산란을 위해 영양을 축적해가며 살이 오른 봄 도다리와 겨울 해풍을 견뎌낸 후 막 올라온 어린 쑥, 제철 음식 식재료로 치면 환상의 조합이 아닐 수 없다.

겨울을 지나 만물이 피어나는 초봄에 바다 향과 육지 향이 어우러진 식재료의 궁합과 우리나라에서 한 음식 한다는 남도의 요리 솜씨가 곁들어진 음식을 만나기란 흔치 않은 기회다.

남해안에서는 해풍을 맞으며 자란 어린 쑥과 거제, 통영, 여수 앞바다에서 잡히는 도다리를 최고로 친다. 그래서인지 남해, 여수, 마산, 통영 등지에서 저마다 도다리쑥국의 원조임을 내세우더니, 몇 년 전부터는 서울에서도 여러 음식점이 도다리쑥국을 낸다고 자랑하고, 드디어는 수도권 골프장 식당, 최고급 호텔의 일식당에서도 도다리쑥국을 봄철 특선 메뉴로 내놓는다. 덕분에 굳이 남도 여행을 가지 않더라도 봄철에 도다리쑥국을 먹을 기회가 생겼다. 하지만 수도권 음식점에서 남도의 도다리쑥국을 흉내 내기란 쉽지 않은 듯하다. 역시 제대로 된 도다리쑥국을 먹으려면 남쪽 지방의 바닷가에 가야 한다. 이 음식에는 남해안이라는 장소와 계절의 혼이 함께 담겨 있기 때문이다.

봄이 되면 여러 가지 나물이 식탁에 올라온다. 한국인들이 봄나물에 열광하는 이유는 특별하다. 추운 겨울이 지나고 봄이 오면 산이나 들녘에서 돋아나는 쑥, 달래, 냉이 같은 봄나물에는 겨우내 먹었던 묵은 김치와는 다른 새로운 생명력과 봄 향기가 가득 담겨 있다.

얼어붙은 땅속에서 겨울을 견뎌내고, 아직 차가운 바람을 맞으며 자라난 봄나물은 향기가 진하다. 나물의 맛을 모르던 어린 시절 어머니가 끓여주셨던 냉이된장국과 달래무침은 맛의 기억보다는 향기의 기억이 더 강하다. 그리고 이런 봄나물의 향기를 대할 때면 마르셀 프루스트의 『잃어버린 시간을 찾아서』 속 마들렌처럼 과거의 기억을 떠올리며 어린 시절로 데려간다.

옅은 봄나물의 향기

아내가 끓여주는 봄나물 된장찌개는 어린 시질 먹었던 만큼 향이 강하지 않다. 요즘은 봄나물 대부분이 온실에서 재배되고 있어서다. 식물이 향기 물질을 만드는 가장 큰 이유는 자연의 매서움과 해충에 맞서기 위해서인데, 온실 속에서 자라는 식물은 굳이 향기 물질을 만드는 일에 에너지를 소모할 필요가 없다. 대신 빨리 성장해 상품화되는 것이 온실에서 자라는 봄나물, 채소, 과일 등에 주어진 임무다. 어쩌면 이는 식물에만 국한되지 않을 수 있다. 사람도 마찬가지로, 생활 환경이 좋아진 요즘 청소년들을 보면 예전보다 체격도 외형도 훨씬 좋아 보인다. 실제로 체력이 강인해지고 건강해졌는지 의문이지만, 과거에 비해 편안한 생활을 영위하기 때문인지 스스로 문제를 해결하는 능력이나 살면서 마주하게 될 삶의 역경을 헤쳐 가기에는 의지가 약해 보인다. 동서고금을 막론하고 사람은 시련을 통해 육체적으로나 정신적으로 성장하기 마련이다.

다소 극단적이지만, 환경의 시련과 안락함에 따라 달라지는 사람의 차이를 노무현 전 대통령과 박근혜 전 대통령에 비유해볼 수 있지 않을까. 노무현 전 대통령은 가난 때문에 스물한 살에 상업고등학교를 졸업하고, 온갖 풍상을 겪으며 변호사, 정치인을 거쳐 최고 통치자의 자리에 올랐다. '바보 노무현'으로 불렸던 그는 옳고 그름을 떠나 소신과 뚝심이 강인할 뿐 아니라 짙은 사람의 향기를 풍겼다. 그에 비해 어린 시절부터 청와대라는 온실에서 자라 구중궁궐, 인시의 장막에 둘러싸여 세상의 풍상을 겪어보지 않은 박근혜 전 대통령에게선 사람의 향기가 느껴지지 않는다. 뒤늦게 알려진 사실이지만 종국에는 탄핵이라는 불행으로 대통령직을 하차한 그는 스스로 문제를 해결하는 능력이 부족했던 것으로 회자된다.

사람들이 입으로 느끼는 맛은 오직 다섯 가지뿐이다. 단맛, 짠맛, 신맛, 쓴맛, 감칠맛. 그런데 우리가 수만 가지의 다양한 맛을 느낄 수 있는 것은 바로 향 때문이다. 과일을 먹으면서 우리는 각 과일이 지닌 고유한 향을 맡으며 각기 다른 맛을 느낀다. 즉 맛의 다양성은 미각에 있지 않고 후각에 있는 것이다. 사람에게도 미각처럼 정해진 요소들이 있다. 재력, 학력, 직업, 외모 같은 외형적 조건을 들 수 있는데, 사람의 참된 매력은 결코 이런 것들에서 오는 게 아니다. 오늘 만났는데, 내일 또 만나고 싶은 사람에게는 그 사람만이 지닌 진솔한 향이 있다.

참사람의 향기

해남 땅끝 마을에는 아름다운 절 미황사가 있다. 그리고 그곳에는 절보다 더 아름다운 금강 스님이 있다. 금강 스님은 '참사람의 향기'라는 명칭으로 2005년부터 매달 참선 집중 수행 프로그램의 템플스테이를 운영하고 있다. 2017년 2월 100회를 돌파한 이 템플스테이에는 그동안 국내는 물론 미국과 독일, 러시아, 브라질, 프랑스 등지에서 1,875명이 참가했다.

자기만의 독특한 인향人香은 살면서 겪는 다양한 경험과 사람들과 깊은 생각을 나누고 교류함으로써 그 깊이와 폭이 넓어진다. 향원익청香遠益淸, 향은 멀수록 맑아진다고 하지 않았던가.

벨라스케스와 피카소

17세기 스페인 회화를 대표하는 화가이자 바로크 시대를 대표하는 초상화의 거장 디에고 벨라스케스는 스물네 살에 스페인 왕실 궁정 화가가 되어 왕과 왕족, 귀족들의 초상화를 그렸다. 그가 남긴 걸작 중의 걸작은 1656년에 그린 〈시녀들〉로, 19세기 초반 인상주의 화가들과 사실주의 화가들의 귀감이 되었다. '회화에 관한 회화'로 불리는 이 대작을 고야, 마네, 달리 등 숱한 후대 화가들이 당대의 감각으로 재해석해 그렸으며, 클림트는 "이 세상에 화가는 벨라스케스와 나 두 명뿐"이라며 극찬했다.

벨라스케스 따라 하기의 최고는 20세기를 대표하는 화가 피카소다. 이미 세계적 명성을 지니고 있던 그는 1957년, 70대 후반이라는 나이에도 집요한 열정으로 다섯 달 동안 58점의 20세기판 〈시녀들〉을 그렸다. 선배 화가에 대한 오마주인지, 벨라스케스를 뛰어넘고 싶은 욕망인지, 아니면 화가의 열정인지는 피카소 자신만이 알 테지만, 아무튼 바르셀로나 피카소 미술관에는 이 그림들로 채워진 전시장이 있다.

조선 말의 추사 김정희는 우리 문화사에 큰 업적을 남긴 인물로, 전문 분야를 규정하기 어려울 정도로 다방면에 뛰어났던 대학자다. 금석학 연구를 통해 북한산 신라 진흥왕 순수비를 밝혀낸 것을 비롯해 그의 저서와 시서화는 모두 최고의 완성도와 품격을 지녔다. 그가 이룩한 독창적인 서체 추사체는 평생 10개의 벼루를 갈아 없애고 1,000자루의 붓을 몽당붓으로 만드는 수련과 열정을 통해 이룩한 성과다.

일제 강점기 시절 최고의 문장가로 꼽혔던 이태준의 수필집 『무서록無序錄』에는 '모방'이라는 글이 실려 있다. 추사 병풍 글씨를 감상하러 갔다가 신운神韻이 방 전체에 감도는 뛰어난 글씨를 보고 그냥 돌아서기 아쉬운 마음에 그는 소장자의 양해를 구해 미농지에 두 폭 24글자의 자형字形을 모사했다. 추사가 자유분방하게 휘두른 24글자를 먹칠하는 데 꼬박 이틀 저녁을 보낸 이태준은 오랜 시간을 들여 추사글씨 1,000자를 보는 것보다 이틀 저녁에 걸쳐 24글자를 직접 모사해보면서 추사글씨를 보는 안목이 갑절은 늘어났음을 고백했다. 그는 문학에서도 비평가들이 읽기만 할 것이 아니라 작품을 모사해본다면 누구도 따라오지 못할 만큼 깊이 있게 이해할 수 있을 것이라 얘기했는데, 이를 “모방이 갖는 놀라운 미덕”이라고 칭했다.

111년 만의 무더위가 찾아온 2018년 여름, 사람들이 가장 많이 찾는 음식점은 단연 냉면집이었다. 메밀로 만드는 평양냉면은 핵심 재료인 면과 육수 모두 집에서 만들기 어려운 탓에 각자가 선호하는 음식점을 찾아 먹는 음식이다. 북녘땅이 고향이셨던 아버지를 따라 어릴 때부터 이북식 냉면을 먹어서 그런지 남들보다는 냉면을 좋아하고, 소위 슴슴하다는 담백한 맛을 알고 있는 편이다. 하지만 무더위를 이겨내려고 잘 알려진 냉면집 몇 곳을 가본 뒤 ‘올여름 더는 유명한 집들의 냉면을 먹지 않겠다’고 다짐했다. 왜냐고? 너무 많은 손님이 몰려드는 탓에 불편했고, 맛 또한 유명세만큼 내지 못함을 실감해서였다.

이름난 식당과 요리사들에게 가장 어려운 일은 새롭고 창의적인 음식 만들기보다 일정하게 똑같은 맛을 내는 일이다. 사람은 모두 미각에 관한 한 최고의 전문가들이다. 태어나서부터 부모의 보살핌을 받으며 먹기를 연습하며, 어린 시절의 미각 배우기를 거쳐 누구나 하루 세 차례씩 일생 수련을 거듭하는 미각 전문가들이다. 그래서 우리는 먹기 시작하는 첫술에서 음식의 맛이 있고 없고를 즉각 판단하고, 조금의 맛 차이도 금방 알아차린다. 쉬운 예로 나물이나 두부 같은 음식이 상하게 되면 우리의 미각은 맛에 이상이 있음을 즉시 감지한다.

2018년 여름, 기상 관측 이래 최고의 무더위가 연일 계속되었고, 시원한 냉면으로 더위를 달래려는 엄청난 수의 손님들이 몰려들면서 소문난 냉면집들은 모방에 실패해 평소의 맛을 내지 못했다. 노진성 셰프가 운영하는 미쉐린 스타 프렌치 레스토랑 '다이닝 인 스페이스'는 창덕궁이 내려다보이는 곳에 있어 사계절 멋진 궁궐 경관을 보며 식사를 즐길 수 있다. 노 셰프의 음식 철학은 단순 명료하다. "우리 식당에 오시는 분들이 늘 같은 맛을 느낄 수 있도록 함께 일하는 직원들을 철저히 가르칩니다."

매일 같은 일을 수없이 모사하며 어제의 음식을 오늘 모방하고, 오늘의 음식을 내일 모방하면서 그들은 달인이 되고 명인이 된다.

미식 여행의 탄생

여행 잡지 발행인으로서 누리는 불편함(?)은 여행지 기사를 읽은 분들이 건네는 인사다. "매번 멋진 곳으로 여행 다니실 테니 얼마나 좋으세요?" 하지만 기사에 실리는 대부분의 장소는 나도 가보지 못한 곳들이다. 처음에는 이 질문에 답변하느라 애를 먹었다. "실은 저도 가보지 못했습니다. 기사는 매달 편집 회의를 거친 뒤 편집기자와 사진기자가 취재를 하러 가는데…" 하며 이런저런 설명만 늘어놓는다. 이때 돌아오는 답변은 매우 짧다. "아, 그러세요?"

그러고는 어색한 침묵이 이어진다. 나중에 깨달은 것이지만, 편집 회의가 어떻고 취재가 어떻고 등의 설명은 결코 그들이 듣고 싶어 하는 답변이 아니다. 나에게는 여행 잡지 발행인으로서 그들이 듣고 싶은 답변을 들려줄 책임이 있고, 그들에게 여행지에 대한 상상의 날개를 달아줘야 한다.

나는 그 후 매달 여행지에 실리는 기사를 열심히 읽고 조사한 뒤 그곳에 대한 정보를 소개한다. 답변하기 어려운 질문에는 긍정도 부정도 아닌 미소로 답한다. 이때마다 느끼는 건, 이는 비단 나뿐 아니라 여행 관련 출판물이나 프로그램을 제작하는 사람들의 공통 고민이 아닐까? 다만 그들에게 정확하게 알려주고 싶은 것은 여행 기사를 쓰는 사람들은 여행 전문가가 아니다. 그들은 여행을 주제로 기사를 쓰고 책을 만든다는 직업 특성상 일반 사람들보다 여행의 기회가 좀 더 많을 뿐이다.

아무튼 오래도록 항공사 기내지를 만들어왔고, 론리플래닛이라는 여행 가이드북과 매거진 발행 일을 하고 있어서 그런지 지인들은 종종 함께 여행하면 어떻겠냐는 얘기를 한다. 그래서 가보지 못한 곳을 가고 싶다는 개인적 욕망을 슬쩍 담아 2012년 여름 터키 문화 답사라는 명목하에 첫 번째 미식 여행을 계획했다. 당시 국립중앙박물관에 근무하던 실크로드 전문가 민병훈 부장께 안내를 부탁하고, 여행 주제를 '론리플래닛과 실크로드 전문가가 함께하는 터키 여행'으로 정했다. 그 외 현지 가이드를 비롯해 항공권, 숙박, 음식점과 관련해서는 여행사에 일임했다. 박물관, 유적지 답사를 중심으로 한 8박 9일 여행에는 14명이 참가를 희망했고, 사전 모임을 통해 터키의 역사, 문화, 유물에 대한 특강 들으며 일정을 조율했다. 신청자 가운데는 음식 전문가들도 있던 터라 여행사에 음식 전문가들이 함께하는 여행이므로 음식점 선정에 특별히 신경 써달라며 여러 차례 당부했다. 그때마다 여행사 측의 한결같은 답변은 "예, 드실 만합니다."

이스탄불에 도착해서 첫 식사는 한국 식당에서 했다. 한국의 중저가 식당 수준의 음식에 왠지 불안했지만, 앞으로 계속 터키 음식을 먹어야 하니 미리 한국 음식으로 위장을 달래라는 배려로 해석했다. 다음 날 점심 식당은 여러 여행사의 단체 관광객을 받는 현지 음식점이었는데, 콜라를 좋아하는 일행 중 한 분이 식당 한쪽에 있는 콜라를 마셨다는 이유로 식당 종업원에게 핀잔을 들었다. 오후에 유적지를 둘러본 뒤 안내된 저녁 식사 장소는 어제 갔던 한국 식당이었다. 음식 전문가들의 표정이 어두워졌다. 한국 음식을 먹으려고 이스탄불까지 온 것이 아니지 않는가. 이스탄불의 멋진 명소와 문화적 장소들의 체험과 비교하면 식당의 수준이나 음식들이 너무 빈약하게 느껴졌다. 현지 가이드에게 불만을 얘기했더니, 본인은 권한이 없으니 여행사 측에 얘기하라는 답변뿐이었다.

여행사와 통화하며 알게 된 사실은 현지 여행사에 보내주는 예산 가운데 1인당 식사비는 점심이 10유로, 저녁이 15유로라고 한다. 우리 돈으로 환산하면 대략 1만 2,000원, 1만 9,000원 정도다. 빈약한 재정의 현지 여행사에서 이 금액을 어떻게 사용하는지 알 수 없을뿐더러 이 금액을 모두 지불한다고 하더라도 그들이 선정한 식당은 제한적일 것이고, 남은 여행에서 우리가 가게 될 식당은 여러 여행사가 함께 이용하는 구내식당뿐일 것이다.

전적으로 나를 믿고 여행에 동행한 분들이기에 여행사 측에 앞으로 예정된 식당은 모두 취소하고 식사비로 책정된 비용을 모두 내게 달라고 요청했다. 다행히 여행사 측에서도 흔쾌히 동의해주었다. 여행 참가자들에게 1인당 50유로씩 추가 비용을 내도록 부탁하고 "앞으로 식당은 전적으로 제가 선정해서 가도록 하겠습니다"라고 선언했다. 이제부터 여행 일정 중 식사의 모든 책임은 나에게 달린 셈이다.

가지고 간 론리플래닛 터키 가이드에서 소개하는 식당 리스트를 꼼꼼하게 검토했다. 나는 첫 번째 식당으로 이스탄불 외곽에 있는 터키 전통 음식점을 예약했다. 현지 가이드도 가보지 못한 곳이라 식사하러 가는 버스에서 내내 긴장했던 것 같다.

식당에 들어서는데 입구 바로 옆에서 터키의 명물 디저트인 바클라바baklava를 만들고 있는 모양새가 예사롭지 않아 보였다. 식당의 규모도 상당했지만, 무엇보다 현지인들로 보이는 손님들이 대부분이었다. 외국인 단체 관광객이 우리뿐이라는 사실에 나의 긴장감은 더욱더 극에 달했다. 우리가 주문한 메인 요리는 닭고기구이. 요리사들이 끌고 온 트레이 위에서는 농구공보다 더 큰 공 모양의 하얀 소금 덩어리가 불타고 있었다. 불이 꺼진 다음 망치 비슷한 도구로 소금 덩어리를 깨뜨리자 김이 무럭무럭 피어오르는 닭의 하얀 속살이 모습을 드러냈다. 요리사들이 접시에 올려준 닭고기를 한 입 배어 물었다. 풍미 그득한 닭고기가 입안에서 생선 살처럼 부드럽게 녹아내렸다. 이제껏 경험해보지 못한 훌륭한 닭 요리였다. 일행들의 흡족한 표정에 일단 시작은 성공했다는 안도감이 들었다. 터키 여행 내내 나는 론리플래닛 가이드에 의존해 식당을 선택했다. 맛있는 음식에 행복해하는 일행들의 모습을 보며 "금강산도 식후경"이라는 속담을 실감했다.

이참에 론리플래닛 덕을 톡톡히 봤다. 한국판 론리플래닛 발행인이 이런 말을 하면 자화자찬 홍보처럼 느껴질 수 있겠지만, 론리플래닛은 세계의 각 지역을 대륙별, 나라별, 도시별, 주제별로 세분화해서 여행가이드를 출판하는 세계 1등 여행가이드 출판사다. 특히 현지를 잘 아는 여행 전문가들의 취재로 정평이 있다. 그들이 가장 중요하게 생각하는 세 가지 원칙을 들자면, 첫 번째는 최신 정보를 수록한다. 모든 지역의 정보를 2년마다 새롭게 취재해서 정보를 업데이트한다. 두 번째는 가이드북에 실리는 수많은 장소와 정보들은 철저한 현지 조사와 여행자들의 평판 등을 바탕으로 지극히 객관적이다. 세 번째로 현지 문화와 그곳 사람들의 생활방식을 존중하며, 가이드북을 이용하는 여행자들에게 이를 배려하는 여행을 하도록 권장한다.

여행단의 공식 가이드였던 민 부장은 박물관에 근무하는 분답게 상세 정보와 함께 여러 박물관을 줄기차게 안내해주었다. 터키의 수도 앙카라에 있는 국립박물관을 들른 뒤 론리플래닛에 소개된 것을 보고 미리 예약을 해둔 식당으로 갔다. 이곳은 산 중턱에 있어 앙카라 시내를 내려다볼 수 있었다. 입구에는 일본 총리와 미국 국무장관이 다녀간 곳이라는 소개와 이들의 방문 기념사진이 걸려 있었다. 따사로운 햇살이 비추는 야외 테이블로 안내받은 우리 일행은 메뉴에서 각자 먹고 싶은 음식을 주문했다.

오후에 예정된 박물관을 가야 한다는 민 부장의 외침에도 아랑곳하지 않은 채 모두 느긋하게 식사를 하면서 즐거운 대화를 이어갔다. 그때 누군가 외쳤다. "부장님, 오늘은 그냥 여기서 와인과 커피를 마시면서 시간을 보내면 안 될까요?" 그 말에 모두가 반색하며 환호한다. 풍광 좋은 곳에서 먹는 맛있는 음식과 유쾌한 대화에 일행들은 더없이 즐거워한다. '음식 중심의 여행'이 탄생하는 순간이다.

터키 여행에서 얻었던 가장 큰 수확은 여행지에서 음식이 따라주지 않으면 안 된다는 사실과 더불어 식당과 메뉴 선정은 너무나 중요해서 여행사에 의존해서는 안 된다는 깨달음이다. 어느새 터키 여행을 다녀온 지 7년이 지났다. 그때 봤던 박물관이나 유적지에 대한 기억은 시간만큼이나 희미해졌는데도 그곳에서 먹었던 음식과 식당에 대한 기억은 아직도 선명하게 남아 있다. 황지우 시인이 『거룩한 식사』에서 표현했듯, 음식을 먹는 일은 "내 몸에 한세상 떠넣어 주는 거룩한 일"이기 때문이다.

SUMAK
SUMAC
SUMACI
KÖRİ
CURRY
CURRY
ZERDEÇAL
CURCUMA
CURCUMA

LIPSOZ
ESKINA
50
HAMSI

Otantik
K.MARAŞ DÖVME
DONDURMA

HACI NIYAZI EFENDI
Türk Lokumu

목포는 항구다

빌바오 도시 재생의 비밀

빌바오는 스페인 북부에 위치한 바스크주의 수도다. 1980년대까지 스페인의 금융 및 철강 산업의 중심지로, 바스크주의 경제를 이끄는 핵심 도시였다. 하지만 1980년대 빌바오의 철강 산업이 경쟁력을 상실하자 공장들이 문을 닫았고 많은 사람이 도시를 떠났다. 이 도시에 남은 거라곤 산업폐기물로 오염된 환경과 혐오스럽게 변한 거리의 모습뿐이었다. 게다가 1983년 대홍수가 덮치면서 도심 전체가 침수되고 말았다.

그런 빌바오에서 20세기 후반 도시 재생 프로젝트가 시작되었다. 소위 '빌바오 효과Bilbao Effect'라는 말이 생길 정도로, 산업도시에서 문화도시로 탈바꿈한 빌바오 도시 재생 프로젝트는 세계적인 모범 사례가 되었다. 도심 한가운데를 흐르는 네르비온강을 정비하고, 강변을 따라 세계의 유명 건축가들이 참여한 도시 건축물들을 짓고, 문화 공간과 생태 공간을 조성했다. 빌바오의 랜드마크가 된 프랭크 게리가 설계한 빌바오 구겐하임 미술관을 비롯해 빌바오 박람회장의 뮤직 홀, 파인아트 뮤지엄, 빌바오 국제공항 등의 멋진 건축물들은 도시에 활력을 불어넣었다. 빌바오 도시 재생의 성공을 두고 많은 언론과 건축가들, 심지어 빌바오 시청의 정책 담당자들은 매력적인 도시가 된 비결을 건축의 관점에서 얘기한다. 실제로 그러한가?

빌바오가 속한 바스크 지역은 스페인 음식의 보물창고 같은 곳이다. 대서양에 인접해 있어 대구, 게, 오징어 등 신선한 해산물이 풍부하고, 뛰어난 맛의 독특한 요리들로 빌바오와 이웃 도시 산세바스티안은 세계적인 '미식의 도시'로 알려져 있다. 실제로 바스크 지역은 인구 대비 '미쉐린 스타 레스토랑'이 가장 많으며, 미쉐린에 관심조차 없는 훌륭한 음식점들이 즐비하다. 그런 까닭에 인접한 영국과 프랑스의 관광객들이 매년 이곳에서 음식을 즐기며 휴가를 보내는 것으로도 유명하다.

건물을 짓고 공원을 만들고 뛰어난 미술 작품을 전시한다고 해서 사람들이 계속 찾지는 않는다. '건축의 힘으로 재탄생한 도시'라는 관점은 빌바오 재생의 성공 사례를 문화적으로 보여주고 싶어 하는 표면적 이유일 뿐이다. 나는 빌바오의 도시 재생 프로젝트의 핵심 소프트웨어는 이 지역의 뛰어난 음식에 있다고 믿는다. 음식은 빌바오 도시 재생의 숨겨진 비밀이자, 누구에게도 알려주고 싶지 않은 빌바오의 감춰진 비결이다.

음식의 힘

한국의 남쪽 도시들이 연휴나 휴가철이 되면 밀려드는 관광객들로 몸살을 앓는다. 그중 가장 대표적인 곳이 통영이다. 2017년만도 거의 700만 명의 관광객이 통영을 찾았다. 통영 시내에 거주하는 인구 12만 명과 비교하면 거의 60배에 가까운 숫자다. 무엇이 이토록 많은 사람을 통영으로 오게 하는 것일까.

통영의 첫 번째 매력은 '빼어난 경치'다. "통영은 한려수도의 중심으로 바다와 주변 섬들의 풍광이 아주 빼어납니다. 하지만 이 아름다운 경치를 한 번 와본 사람들이 또다시 보러 오지는 않습니다."

통영의 두 번째 매력은 '역사 유적지'다. "통영에는 충무공 이순신 장군 이야기가 새겨진 유명한 역사 유적지가 많습니다. 세병관, 제승당, 한산도 대첩 앞바다, 충렬사 등 현장을 찾아

역사를 배우고 자녀 교육을 위해 찾아오지만, 이 역시 또다시 찾는 이유는 아닙니다."

그렇다면 통영을 다시 찾는 가장 큰 매력은 무엇일까? 바로 '음식'이다. "통영은 사계절 내내 신선한 해산물들이 풍부하고, 인근 섬에서 해풍을 맞고 자란 무공해 식재료들이 넘칩니다. 최고의 제철 식재료로 만든 음식은 탁월한 맛과 함께 건강에도 좋으며, 가격 또한 저렴합니다. 맛있는 음식 경험은 사람들을 다시 찾게 합니다. 더구나 음식은 혼자 먹는 것이 아니기에 가족, 친지들과 함께 옵니다. 통영의 가장 큰 매력은 미식입니다."

(이 글은 통영 음식을 취재하면서 만났던 통영 전 시장과의 인터뷰 내용이다.)

연트럴파크

연희동에서 분리되면서 연희동의 남쪽에 있어 붙여진 이름 '연남동'. 외지인의 발길이 한적했던 동네가 2015년 경의선 녹슨 철길이 숲길 공원으로 바뀌면서 지역과 체험을 소비하고픈 사람들이 찾아오는 곳으로 바뀌었다. 이웃한 홍대 쪽은 대기업들이 상권을 장악하고 있지만, 이 지역은 개성 있는 카페와 음식점들이 있어 젊은이들이 많이 찾는다.

특히 서울의 다른 지역들은 이탈리안, 프렌치, 스페인 등 서양 음식점들이 강세인 데 반해, 연남동 일대는 홍대 차이나타운으로 불릴 만큼 중식당이 많다. 1969년 한성화교중고등학교가 명동에서 연희동으로 옮겨오면서 중식당들이 이곳에 함께 자리 잡았는데, 최근 몇 년 사이에 풍부한 경력을 소유한 유명 중식 셰프들이 합세하면서 이곳을 중국 음식의 메카로 만들고 있다.

서교동 '진진'의 왕육성 셰프는 40년 동안 특급 호텔 중식당에서 일하면서 늘 '호텔과 동일한 수준의 맛과 품질을 유지한 채 음식값을 얼마나 낮출 수 있는지 시험해보기'를 꿈꾸었다. 왕 셰프는 만 60세가 되던 2013년 호텔에 사표를 내고, 평생토록 서원했던 대중들을 위한 중식당을 서교동에 오픈했다. 식당을 하는 이들이라면 꺼리는 외진 곳이었지만, 일식당이었던 공간을 그대로 사용하며 임대료와 인테리어 비용을 최소한으로 낮췄다. 어느덧 4호점까지 개점한 왕 셰프의 행복은 찾아오는 손님들에게 '합리적인 가격에 좋은 재료와 훌륭한 맛'의 음식을 제공하며 진진한 행복을 나누는 일이다.

목포는 항구다

최근 들어 목포가 뜨겁다. 목포의 구도심 만호동과 유달동 일대를 2018년 8월 문화재청이 근대문화역사 공간으로 지정했다. 이 지역에 120년 전에 만들어진 근대도로와 골목길이 원형대로 남아 있고, 일제 강점기에 지어진 구 일본영사관, 동양척식주식회사, 구 화신백화점, 적산가옥 100여 채 등 근대문화유산이 온전한 상태로 남아 있다는 이유에서다. 이 근대문화역사 공간에 문화재 보존이라는 명목으로 나전칠기 박물관을 세우겠다며 목포 창성장을 중심으로 도심 재생 유력 후보지 부동산을 매입한 한 정치인의 행위를 두고 문화재 보호인가, 투기인가로 언론을 비롯해 SNS에 날 선 공방이 오간다.

목포의 문화재를 보호하기 위한 나전칠기 박물관이 과연 옳은 방향일지 문득 의구심이 든다. 어쩌면 답은 목포를 상징하는 가수 이난영이 부른 노래 〈목포는 항구다〉에 있는지도 모른다. 목포는 항구 도시인 만큼 대한민국 사람이라면 누구나 좋아하는 바다 음식들로 유명하다. 목포 5미로 불리는 홍어삼합, 민어회, 세발낙지, 꽃게살무침, 갈치조림에 병어회, 준치무침, 아귀탕, 우럭간국의 네 가지가 더해져 목포 9미를 자랑하는 곳이다. 그만큼 남도 음식 일번지로 자격이 충분하며, 더구나 음식 솜씨 좋기로 이름난 고장이 아닌가.

문화재 보호도 좋다. 나전칠기 박물관도 좋다. 하지만 목포의 자랑거리는 최고의 식재료와 음식 솜씨가 정박하는 항구여야 한다.

음식의 혼

장소의 혼 1

건축가들은 장소의 혼을 이야기한다. 땅에는 혼이 있고 땅 위에 세워진 건축에 그 혼이 담길 때 우리는 그 장소와 건축에 감동을 받으며, 땅에 담긴 아픔과 기쁨, 역사와 인생을 함께 느낀다고 한다. 그 대표적 장소가 프랑스와 스페인 국경에 있는 작은 해안 마을 포트보다.

2차 세계 대전이 발발하며 나치 독일이 프랑스를 점령했다.

이때 한 그룹의 유대인들이 파리를 탈출해 스페인으로 가려다 국경수비대에 붙잡혀 포트보 해안 마을의 수용소에 감금되었다. 그들 가운데는 세계적인 석학 발터 벤야민이 있었다. 유대인 수용소로 송환될 운명에 놓인 그는 1940년 9월 26일 이곳에서 스스로 생을 마감했다. 그로부터 50년 뒤 발터 벤야민이 묻힌 공동묘지 옆에 그를 추모하기 위한 건축물이 세워졌다. '패시지Passage'라고 이름 붙여진 이 작품은 해안 절벽 위에서 바다를 향해 내려가는 사각형 통로다. 바다를 향한 통로 안의 급경사 계단은 프랑스에서 스페인을 향했던 그의 여정을 의미하며, 계단 중간을 막고 있는 유리는 보이지만 더 나아갈 수 없었던 그의 길을 상징한다. 작은 해안 마을은 이 건축물을 보기 위해 전 세계에서 찾아오는 관광객들에 의해 세계적 명소가 되었다. 노르웨이 건축가 노베르그 슐츠는 이와 같은 땅의 역사성과 장소성을 '게니우스 로키Genius Loci, 장소의 혼'라고 칭했다.

제주도 섭지코지에는 '지니어스 로사이게니우스 로키의 영어식 발음'라는 정체 불명의 건축물이 있다. 일본의 유명 건축가 안도 다다오가 2008년에 설계한 이 건축물에는 '이 땅을 지키는 수호신'이라는 의미가 담겨 있고, '자연과의 교감을 통한 신비로운 명상 공간'이라는 설명이 뒤따른다. '신비로운 명상 공간'이라고 친절하게 설명해주면 이곳을 찾는 사람들이 알아서 명상하게 되는지, '장소의 혼'이라는 개념을 '지니어스 로사이'라고 영어로 명명한 이 건축물이

제주 섭지코지의 혼을 제대로 담고 있는지는 잘 모르겠다. 다만 멋지게 보이려 그럴듯한 명칭만 가져다 사용하는 화류태花柳態가 아니었으면 한다.

장소의 혼 2

음식으로 표출되는 장소의 혼은 건축보다 훨씬 직접적이고 강렬하다. 우리가 하루 세 차례 먹는 끼니는 관념이 아니라 우리의 삶, 곧 생명과 필수적으로 연결된다. 북아프리카 모로코에는 사막 베르베르 유목민으로부터 탄생한 타진tajine이라는 찜 요리가 있다. 타진은 모로코 말로 '냄비'라는 뜻인데, 타진으로 만든 요리가 '타진'이라는 음식 이름이 되었다. 타진은 고기, 생선, 채소 등의 찜이나 조림 맛이 탁월해서 북아프리카, 중동, 지중해 연안 국가들로 전파되어 세계적인 음식으로 확산했는데, 이 요리의 비결은 바로 삼각형 뚜껑에 있다. 물이 귀했던 사막 지역의 유목민들은 최소한의 수분으로 조리할 수 있도록 냄비 뚜껑을 삼각형으로 높게 만들었다. 식재료에서 나온 증기가 삼각형 뚜껑의 꼭대기까지 올라갔다가 식으면서 뚜껑을 따라 냄비로 다시 돌아간다. 또한 채소 등 식재료 자체에서 나온 수분으로 조리하기 때문에 영양분 손실이 적고 재료 맛이 잘 우러난다. 냄비 깊이가 낮아 접시 대신 식탁에 내도 될 만큼 실용적이고 설거지 양도 줄어든다. 물이 부족한 사막 지역에서 태어난 요리 타진은 물과 땔감을 최소한으로 사용하면서 맛과 영양분을 지켜내는 음식이 되었다. 이럴 때 우리는 흔히 '우리 선조들이 지혜로웠기 때문에' 등의 미사여구를 쓰는데, 타진은 그보다는 지역이 가진 환경에서 자연스럽게 태어난 음식으로 보는 것이 더 타당하다.

2016년 〈월스트리트 저널〉에 미국인 기자가 쓴 한국 음식에 대한 기사를 보면 이렇게 표현되어 있다. "한국은 아시아에서 수프와 스튜를 최고로 잘 만드는 나라로 생각된다. 그 이유는 한국은 산악 지형상 목축이 어려운 여건이라 고기를 먹을 기회가 적고 긴 추운 겨울을 이겨내야 하며, 마실 수 있는 깨끗한 물이 풍부한 나라라서 한번 짐승을 도축하면 많은 사람이 나눠 먹기 위해 모든 부위를 버리지 않고 훌륭한 스튜를 만들어왔다." 한국인이라면 저절로 고개가 끄덕여지는 내용이다.

세계 각 나라의 주어진 환경 조건에 따라 탄생한 음식들은 무수히 많다. 인류는 이 음식들을 먹으며 생존하고 인구를 확산시키며 음식 문화를 기반으로 다른 문화를 발전시켜왔다. 이렇듯 음식과 요리에는 '장소의 혼'이 필수적으로 담겨 있다.

역사의 혼

유럽인들의 신대륙 발견은 인류 문명사에 엄청난 충격과 변화를 가져왔다. 애초에 신대륙을 찾아 나선 동기가 향신료에 대한 열망이었고, 음식 역사에서 보면 전 세계적으로 구대륙과 신대륙의 대대적인 식재료 교류가 이루어졌다. 옥수수, 감자, 고구마, 초콜릿, 강낭콩, 바닐라, 토마토, 파인애플, 고추, 피망 등은 신대륙에서 유럽으로 전해진 대표적인 작물이며, 채소 종자, 밀, 보리, 쌀, 바나나, 이집트콩, 사탕수수 등은 신대륙에 새롭게 전파된 작물이다.

신대륙의 중심 국가였던 멕시코는 사막, 산악 지대, 정글 등의 지형적 특성 때문에 나라 곳곳이 60여 개 토착 부족들로 고립되어 있었다. 각 부족은 고유의 음식과 조리법을 발전, 보존해왔으며, 그 결과 다양한 전통과 풍미들이 존재해왔다. 1492년, 이 신대륙 중심 국가에 스페인 정복자들이 들어오면서 신대륙 고유의 식재료와 유럽 대륙의 식재료가 만나 식문화食文化 충돌이 일어났다. 이후 멕시코 음식은 더욱 다양해지고 수백 년이 지난 오늘날 유네스코가 다양성을 인정한 세계적인 음식 문화로 발전했다.

구대륙과 신대륙의 식재료가 만나 새롭게 탄생한 많은 음식 가운데 대표적인 것이 몰레mole다. 멕시코인들은 닭고기, 칠면조, 돼지고기 등에 몰레 소스를 뿌려 먹는데, 이때 식사의 중심은 고기가 아니라 몰레다. 몰레는 다양한 식재료를 섞어 소스로 만드는데, 크게 네 가지 맛의 식재료를 사용한다. 신맛멕시코산 녹색 토마토 토마티요, 단맛말린 과일, 초콜릿, 설탕, 향신료계피, 커민, 정향 등와 걸쭉한 식감을 위해 견과류를 사용하며, 고추는 여러 몰레에 공통으로 들어간다. 적게는 15가지부터 많게는 40가지가 넘는 재료를 사용하는 요리의 잡탕적인 면이 몰레의 본질이며, 만드는 데 며칠씩 걸린다.

우리가 김치를 담그듯 집마다 몰레를 만들고, 그 맛 또한 수만 가지다. 그리고 이 수만 가지 몰레는 멕시코 음식을 특징 짓는다. "몰레는 소스가 아니라 요리다. 우리는 몰레 소스를 먹기 위해 몰레를 먹는다." 몰레는 멕시코 음식의 영혼이라 할 수 있다.

『셰프의 빨간 노트』의 저자 정동현은 몰레 소스를 인류 진화의 원동력이었던 불의 요리, 즉 불맛의 원초적 본능을 담은 소스 중의 소스로 꼽는다. "모든 것이 들어 있는 몰레 소스 앞에 '뭐와 뭐가 잘 어울린다'는 말은 좀스러워 보인다. 고추, 건포도, 마늘, 양파, 온갖 향신료에 다크 초콜릿까지 그 속엔 없는 게 없다. 불에 태운 고추와 검은 초콜릿의 만남은 어딘지 주술적인 불온함에 태곳적 원시문명의 분위기까지 풍기고, 복잡다단한 조리 방법은 몰레 소스의 길고 긴 역사를 방증한다. 수백 년에 걸쳐 더해지고 빠지고 다듬어진 섬세하고 치밀한 레시피의 위대함이여, 때로 요리는 이렇게 우리를 다른 시공간으로 데리고 간다. 그렇기에 음식을 먹는다는 것은 우리가 쌓아온 역사를 느끼고 문화를 이어가는 고결한 행위다." 그렇다. 음식은 역사의 혼이다.

음식에 담긴 영혼

고대인들은 음식이 되는 동물들을 함부로 다루지 않았다. 그들은 동물에도 영혼이 있다고 믿어 동물을 죽일 때도 경건한 마음을 가졌으며, 한때 생명이었던 음식의 어떤 부분도 낭비하지 않았다. 고대인들에게 음식을 먹는다는 것은 그 음식의 속성을 흡수하여 스스로 먹은 대상과 동일해진다는 주술적인 믿음을 의미한다. 이러한 믿음에서 비롯된 오늘날 음식이 바로 도가니, 해구신, 말뼈 같은 강장, 건강식품이다.

2017년 여름, 식재료를 소중하게 대하고 절대 낭비하지 않는 몽골 유목민들의 모습을 볼 수 있었다. 몽골의 초원에는 2,000만 마리의 양, 2,000만 마리의 염소, 500만 마리의 소, 소보다 약간 적은 숫자의 말, 기타 동물낙타, 가금류, 돼지 등 500만 마리로, 대략 5,500만 마리의 가축들이 방목된다. 2016년 기준 몽골 인구는 302만 명, 무려 인구보다 약 18배가 넘는 수다. 그들은 저녁 식사를 위해 양을 잡아 샤슬릭꼬치구이을 만들었는데, 저마다 작은 개인 칼을 소지하고 있어 뼈에 조그만 살점도 남기지 않고 깨끗하게 먹어치웠다. 가축은 차고 넘치지만 그들은 고기 한 점도 소홀히 하지 않는다. 왜냐하면 모든 음식은 한때 생명을 지녔던 소중한 존재임을 잘 알고 있기 때문이다. 그리고 그것이야말로 음식이 지닌 진실한 가치다.

명절이 되면 떨어져 살던 가족들이 부모님을 찾아 한데 모인다. 정성스레 준비한 음식을 먹으며 가족, 친척들은 물론 이승과 저승으로 나뉘어 있던 조상과 후손들이 하나가 된다. 명절은 분리되고 파편화된 현대인들의 영혼을 한순간에 통합하는 신성한 문화이며, 음식은 핵심 역할을 맡는다. 명절 음식에는 오랜 세월 이어온 문화의 기억과 함께 할머니에서 어머니로 이어지는 레시피가 담겨 있다. 음식을 맛보면서 우리는 할머니, 어머니의 영혼을 느끼며, 더불어 자기 삶의 흔적까지도 느낄 수 있다. 이렇듯 음식은 옛 조상과 자손의 영혼을 이어준다.

음식이 삶이고 문화인 나라

2013년 겨울 스페인으로 떠난 두 번째 미식 여행. 이번 여행의 주제는 '건축, 예술, 음식'으로 정했다. 첫 번째 터키 여행의 경험을 통해 음식의 중요성을 깨달았지만, 아직 음식을 앞세우기에는 자신이 없었다. 외국 항공사에 근무했던 지인이 운영하는 작지만 전문성이 뛰어난 여행사에 항공과 호텔, 현지 가이드를 부탁했다. 단, 터키 여행과 마찬가지로 점심과 저녁 식사는 내가 직접 선정하는 것으로 양해를 구했다.

국내든 해외든 음식과 레스토랑에 대한 정보는 어디에서나 차고 넘치며, 인터넷으로 검색하면 많은 정보를 접할 수 있다. 문제는 정보의 정확성이다. 특히 가보지 않은 장소나 먹어보지 못한 음식은 그런 정보에만 의지해 판단하기 어렵다. 그렇기 때문에 더더욱 믿을 만한 사람의 추천이 필요하다. 스페인에서 20년 넘게 살고 있는 『스페인 디자인 여행』의 저자에게 연락해 바르셀로나 지역의 식당 안내를 부탁했다. 가족과 함께 마중 나온 그녀는 현지인이 아니면 알 수 없는 바르셀로나의 맛집으로 우리를 안내해주었다. 그녀 덕분에 바르셀로나 일정 내내 트렌디하고 맛있는 현지 음식들을 맛볼 수 있었다. 그 외 다른 도시에서는 론리플래닛 스페인 가이드에 소개된 식당 중에서 신중하게 선정했다.

한국 여행객이 유럽 단체 여행에서 느끼는 불편함 중 하나는 버스 운행 시간 제한과 정해진 노선대로 움직여야 하는 일이다. EU 국가에서 운행하는 버스의 하루 운행 시간은 최대 아홉 시간이다. 두 시간 운전에 최소 15분을 휴식해야 하고, 네 시간 이상 구간에서는 30분을 휴식해야 한다. 이외에도 일일, 주간, 2주간의 복잡한 규정이 있어 대형버스 운전자들은 충분한 휴식을 취하며 운전하게 되어 있다. 단체 승객의 안전을 위한 좋은 운행 제도지만, 그 엄격한 운행 제도 때문에 때로 불편함에 부딪히기도 한다. 여행사에서 마련한 일반 여행 패키지는 사전에 정해진 일정대로 움직이면 되지만, 미식 여행은 현지에서 새롭게 발견한 음식점이나 식재료 정보에 따라 일정을 바꾸는 때도 있어 갑작스럽게 노선을 변경하는 경우도 필요하기 때문이다.

발렌시아에서 지중해 해안 도로를 따라 스페인 남부 말라가로 가는 버스 안에서 론리플래닛 스페인 가이드를 보며 점심 먹을 곳을 찾던 중 한 식당에 눈길이 갔다. 식당을 소개하는 글은 짧았지만, 왠지 가보고 싶은 곳이었다. 버스 기사에게 이 식당에 갈 수 있는지 문의했더니 예정된 구간에서 벗어나는 곳이라 회사 승인을 받아야 한다고 한다. 버스 회사의 승인이 떨어지기까지 한 시간 정도를 기다렸다. 철저함도 좋지만 지나치게 융통성이 없는 것 같아 답답했다.

식당은 해안 도로에서 내륙 쪽으로 10km 이상 들어가야 하는 곳에 자리해 있었다. 큰 버스가 꾸불꾸불한 좁은 도로를 달려 한적한 산자락에 있는 소박한 식당 앞에 멈춰 섰다. 잘못 찾아온 것 같은 느낌에 가슴이 철렁 내려앉았다. 우리나라로 치면 인적이 드문 강원도 산골에 있는 것 같은 이 식당의 주메뉴는 소고기 스테이크와 돼지 족발이었다.

일행 대부분이 스테이크를 주문했다. 잠시 뒤 잘 구워진 두툼하고 커다란 고기가 식탁에 놓였다. 일행 모두 입안에서 부드럽게 씹히는 고기의 훌륭한 맛에 감탄해마지않았다. 태권도 사범으로 스페인에 와서 30년째 이 나라에 살면서 여행 가이드를 하고 있다는 현지 가이드와 포르투갈에서 온 버스 기사는 이렇게 훌륭한 스테이크는 처음이라며 극찬했다. 버스 기사는 다음 날부터 일정이 갑자기 바뀌어도 즉시 받아들였다. 어느새 앞장서 안내까지 하는 그 역시 미식 여행단의 일원이 된 듯했다. 문득 영국 록 밴드 블러의 기타리스트에서 나이 들어 치즈 생산자로 변신한 알렉스 제임스의 말이 떠올랐다. "음악은 번역이 필요하지만 치즈는 맛을 보고 즉각 반응한다."

스페인은 유럽의 땅끝에 있는 나라다. 유라시아 대륙의 동쪽 끝에 한국이 있다면 서쪽 끝에는 스페인이 있다. 스페인의 국토 면적은 대략 대한민국의 다섯 배 크기로, 지중해와 대서양에 접한 풍요로운 자연환경을 지닌 이 나라는 일찍부터 이 땅을 차지하려는 이민족들의 각축장이 되었다. 그런 연유로 스페인에는 페니키아인, 그리스인, 로마인, 게르만계의 고트족, 무어인 등 여러 민족의 결이 다른 문화 지층이 촘촘히 새겨져 있다.

역사적으로 뒤졌던 서양 문명의 발전에 결정적 계기가 된 것은 1500년 전후에 있었던 두 가지 사건이었다. 바로 1492년 콜럼버스의 신대륙 발견과 1517년 종교개혁 운동이다. 크리스토퍼 콜럼버스가 신대륙을 발견한 뒤 대항해 시대를 개척한 스페인은 이후 200여 년간 엄청난 부를 축적했고, 로마 가톨릭을 지키기 위한 핵심적 역할을 했다. 신대륙으로부터 막대한 부를 약탈하며 사치를 누렸던 이 땅의 왕과 귀족들은 로마 문명과 아랍 문명, 이탈리아의 피렌체에서 시작된 르네상스 건축과 예술을 뛰어넘고자 했다.

그 예로 르네상스 절정기에 세워진 바티칸 대성당과 스페인 대항해 시대에 준공된 세비야 대성당을 비교해볼 수 있다. 바티칸 대성당은 완성도와 그 세련미에서 세계적으로 뛰어나지만, 규모나 화려함에서는 세비야 대성당도 절대 뒤지지 않는다. 대항해 시대의 부유함을 자랑하기 위해 완공된 세비야 성당을 보면 당시 스페인이 누렸던 부가 어느 정도였는지 알 수 있다.

1588년 필리페 2세가 이끈 스페인의 무적함대가 영국에 패한 스페인의 국력은 급속히 쇠퇴했다. 영국, 독일, 프랑스 등 산업혁명을 시작한 중부 유럽 국가들에 뒤지며 국제 무대에서 스페인의 정치적 영향력은 약화했고 경제는 몰락했다. 비록 정치, 경제는 사라졌지만 최고가 되고자 했던 그들의 문화 예술 흔적은 여실히 남아 있다. 엘 그레코, 고야, 가우디, 피카소, 달리 등을 통해 그 예술혼이 면면히 이어져 21세기에 이르기까지 이 나라는 예술의 함성을 질러댄다.

미술사를 공부한 사람들은 선조들이 남긴 예술품을 살펴보면 그들이 어떤 시대를 살았는지 상상할 수 있다고 한다. 때로는 글로 기록하지 못한 역사적인 사실을 그림이나 예술품에 은유적으로 남기기도 하는데, 눈 밝은 학자들은 이를 통해 한 나라의 역사를 추론해내기도 한다.

"한 나라를 나무에 비유하자면, 뿌리는 국가의 이념이고, 줄기는 정치, 경제이며, 문화와 예술은 꽃이다." 간송미술관 최완수 선생의 말이다. 여기에 한 가지 생각을 보태면 사람들이 먹는 음식은 나무가 키워낸 열매일 것이다. 나무가 열매를 맺으려면 씨앗에서 싹이 움터 오랜 시간 걸려 자란 뒤 꽃을 피운 후에 열매를 맺는다. 마찬가지로 음식은 정착하는 데 오래 걸린다. 하지만 한 번 정착하면 쉽게 바뀌지 않으며 문화적 DNA가 되어 정체성으로 남는다. 그래서 음식을 통해 특정 국가 사람들의 정체성을 대변할 수 있다. 이를테면 대한민국 사람들은 김치, 일본 사람들은 스시, 미국 사람들은 햄버거, 스페인 사람들은 타파스처럼 말이다. 음식은 언제나 주변의 영향은 받지만, DNA로 형성된 정체성은 거의 바뀌지 않는다.

스페인이 대항해 시대의 주인공이 되어 식민지 경영을 통해 해가 지지 않는 제국을 건설하고 신대륙에서 엄청난 금·은을 가져와 부를 끌어모을 때, 스페인의 정치, 경제적 영향력과 함께 문화 예술 또한 세계 최고 수준이었고, 음식 역시 마찬가지였을 것이다. 스페인 제국이 몰락하며 정치 경제적 영향력은 사라졌어도 문화 예술혼이 이어져 왔듯이 그들이 먹던 음식 역시 그들의 일상에 남아 그대로 이어져 왔다. 즉 오늘날 스페인 음식에는 국력이 최정점이었던 시대에 먹었던 음식들이 상당 부분 남아 있다고 할 수 있다. 그런 연유로 스페인 음식은 유럽에서 가장 다양하고 창의적이며, 세계적으로 인정받는 유명 셰프들은 물론 뛰어난 식재료로 최고의 지위를 차지한다. 다시 말해 스페인은 음식 여행에 최적의 나라다.

한국인의 DNA

10박 11일의 스페인 여행 동안 우리 일행은 단 한 번도 한국 식당에 가지 않았다. 중간에 몇 차례 물었지만, 누구도 원치 않았다. 신기한 일이었다. 여행의 마지막 날 공항으로 가는 버스 안에서 궁중음식연구원 한복려 원장이 말했다.

"우리가 10박 11일 동안 스페인 음식들을 먹었지만, 마음속으로는 매일 김치와 된장을 그리며 여행했습니다. 그것이 우리의 DNA입니다."

그렇다. 입으로 먹지 않았을 뿐 우리의 마음은 늘 한국 음식을 먹으며 여행을 했다.

스페인 여행을 다녀온 직후 순천 선암사에 출장을 갔다. 점심때가 되어 사찰 공양간에서 주지 스님과 함께 식사를 하게 되었다. 반찬으로 두부, 김치, 김치볶음이 나왔는데, 스님은 찬이 없다고 말씀하신다. 하지만 내 몸의 DNA가 오랜만에 만나는 반가운 음식에 최고로 즐거워하는 것이 느껴졌다. 원효 스님의 깨달음 일화가 떠올랐다. 일체유심조一切唯心造, 모든 것은 오로지 마음이 지어내는 것이다.

김치 랩소디

이방인의 짬뽕

짬뽕은 한국인들이 자장면과 함께 가장 많이 먹는 중국 음식이다. '짬뽕'이라는 명칭은 중국, 일본, 포르투갈, 인도네시아 등의 언어에서 왔다는 여러 설이 있지만, 모두 명확하지는 않다. 다만 요리 자체는 중국에서 기원했지만, 일본에 진출했던 화교들을 거쳐 한국 화교들에게 전파되면서 독자적으로 발전해 현재는 한국식 중화요리의 고유 음식이 되었다. 한국식 짬뽕은 고춧가루가 들어간

붉은 국물이 트레이드마크다. 해물과 야채를 강한 불로 볶다가 고춧가루와 해물 육수를 부어 끓인다. 여러 가지 식재료를 넣어 만드는 탓에 '짬뽕'이라는 단어는 여러 가지를 섞는 것을 가리키는 표현이 되었다.

전 세계적으로 영국의 록밴드 퀸과 리드보컬 프레디 머큐리의 영화 〈보헤미안 랩소디〉 열풍이 계속되고 있다. 특히 한국에서의 돌풍이 거세다. 2018년 10월 31일에 개봉한 이 영화는 12월 16일까지 집계를 살펴봤을 때 794만 명이 관람했고, 흥행 수입은 퀸의 고향인 영국을 뛰어넘어 6,113만 달러약 692억 원로 세계 1위를 기록했다. 많은 매체에서 한국에서의 흥행 열풍 이유를 분석한 기사들이 넘쳐났고, 언론인들은 마치 고해성사하듯 젊은 시절 퀸의 팬이었다는 간증 담긴 글들을 써댄다. 퀸의 열기는 2019년에 들어서도 식지 않아 1월 6일 기준으로 누적 관객 수 961만 400명으로, 1,000만 명 돌파 초읽기에 들어갔다.

〈보헤미안 랩소디〉는 그룹 퀸의 대표곡으로, 1975년 프레디 머큐리가 작사 작곡해서 노래한 파격적 구성의 음반이었다. 아카펠라, 발라드, 오페라, 하드 록 등 전혀 다른 장르들을 조합한 실험적 구성과 이해하기 힘든 가사인데도 대중적으로 엄청난 성공을 거두었고, 퀸이 세계적 밴드의 반열에 오르는 데 결정적 기여를 했다.

'보헤미안Bohemian'은 본래 체코 서부 지역 보헤미아 출신 사람들을 부르는 단어에서 나중에는 기존의 전통 방식과 달리 새로움을 추구하는 라이프 스타일, 예술적 삶을 지향하는 사람들을 뜻하는 단어로 사용되었다. '랩소디Rhapsody'는 고대 그리스에서 마을을 떠돌아다니던 방랑 가수들이 부르던 노래, 혹은 서사시의 한 부분을 뜻하는 말에서 악곡의 형식으로 정착되었다. '광시곡狂詩曲'이라고도 부르는데, 다양한 음악을 다채롭게 채용하여 환상적이고 자유로운 형식을 통해 서사적, 영웅적, 민족적 색채를 지닌다.

〈보헤미안 랩소디〉라는 제목을 단어 뜻대로만 해석하면, '이방인의 짬뽕 음악'이다. 이는 모든 화려한 수식어와 다양한 해석을 뺀 솔직한 번역이다. 이 '이방인의 짬뽕 음악'은 음악적으로 대성공을 거두었고, 퀸의 대표곡으로서 '여러 장르 음악을 융합한 음악 서사시'로 인정받았다. 그리고 이 곡을 작사 작곡한 프레디 머큐리는 음악인을 뛰어넘는 혁신적 예술가로 추앙받았다. 그가 스스로 말하기를 "나는 록스타가 되지 않을 것이다. 나는 전설이 될 것이다 I won't be a rock star, I will be a legend"라고 했다지 않는가.

김치 서사시

김치는 한국인의 정체성을 대표하는 첫 번째 민족 음식이다. 김치의 역사를 살펴보면 1,300년 전 이상으로 거슬러 올라간다. 삼국 시대에 순무, 가지, 부추 등을 소금으로만 절인 형태로 먹었고 그 후 여러 종류의 채소를 응용하면서 김치의 종류가 다양해졌다.

그러다 조선 시대에 외국으로부터 고추가 유입되어 김치 양념의 하나로 자리 잡으면서 현재와 같은 김치의 형태가 만들어졌다.

김치가 중국, 일본의 채소 절임과 구분되는 특징은 고추의 사용이다. 중국과 일본의 채소 절임은 소금으로만 저장하기 때문에 소금을 많이 넣어 짜게 절인다. 반면 한국의 김치는 고춧가루를 사용하기 때문에 소금을 적게 넣고도 오랫동안 저장할 수 있다. 고추에는 비타민C가 풍부할 뿐 아니라 매운맛을 내는 성분인 캡사이신은 항산화제 기능을 한다. 또한 미생물의 부패를 억제하는 기능이 있어 음식물이 쉬이 상하지 않게 한다.

1,300년의 세월 동안 이 땅에서 다듬어진 김치는 한국인이 채소를 원재료로 만들어낸 음식 중에 가장 뛰어난 발명품이다. 배추를 주재료로 온갖 종류의 동식물성 양념이 적합하게 혼합되어 발효 과정을 거치면서 몸에 이로운 유산균을 비롯한 여러 요소를 만들어내야 비로소 김치로 불리게 된다. 김치를 담그는 법은 지방에 따라, 계절에 따라, 재료에 따라 다른데, 문헌에 기록된 것만 200여 가지가 넘는다. 게다가 집마다 손맛으로 불리는 독특한 레시피를 더하면 그 수를 헤아릴 수 없다.

김치 랩소디

사계절이 뚜렷한 한국은 채소가 부족한 겨울을 나기 위해 겨울이 오기 직전에 김치를 담갔다. 그것을 '김장'이라고 불렀다.

김장하는 날은 온 집안 사람들, 혹은 이웃들이 모여 서로 품앗이를 해가며 함께 겨울 채비를 하는 공동체 문화였다. 이날만은 평소 집안 일에 나서지 않던 아버지와 삼촌 등 남자들까지 나서 무와 배추를 운반하거나 땅속에 김치 독을 묻는 데 힘을 보탠다. 김장을 마친 뒤 배추 겉절이와 양념, 돼지고기를 함께 먹고, 새로 담근 김치를 나누며 정도 함께 나눈다.

1960년대 이후 '한강의 기적'이라 불리는 급속한 경제 성장으로 한국 사회가 변모했어도 과거와 단절되지 않고 연속성이 유지된 것은 김치가 있었기에 가능했다. 주거 환경이 전통 가옥에서 아파트로 바뀌면서도 김치를 포기할 수 없었던 한국인들은 김치냉장고를 만들어냈으며, 전 세계 어디라도 한국인 사회가 있는 곳에는 김치가 보급되었다. 김치는 한국인들에게 과거의 전통을 일깨워주며, 한국인의 정체성을 확인시켜주는 상징적 음식이다.

2013년 한국의 김장 문화**Kimjang; Making and Sharing Kimchi in the Republic of Korea**가 유네스코 인류무형문화유산으로 등재되었다. 사시사철 채소 공급이 가능해진 현대에 와서는 음식을 통해 타인을 배려하고 함께 나누는 공동체적 음식 문화가 더 중요해짐에 따라 한국의 김장 문화를 세계인이 보존해야 할 문화유산으로 선정한 것이다. 가족 간, 이웃 간의 관계가 소홀해지는 현대 사회에서 함께 모여 정을 나누는 김장은 치유의 행위이자 어머니, 할머니, 조상들이 전해준 방법들을 되새기며 직접 김치를 담그는 김치 랩소디의 향연이다.

17
RESTAURANTE SOBRINO de BOTIN

LIQUIDACION TOTAL
30-40 % DTO
EN RELOJERIA

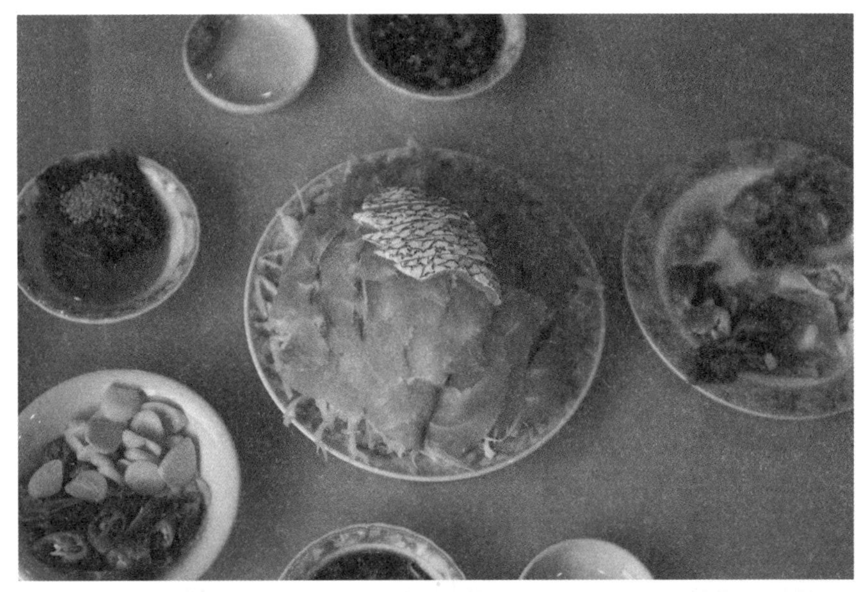

슬로푸드로의 초대

2013년 여름, 이탈리아로 세 번째 미식 여행을 떠났다. '미식 여행'이라는 명칭을 공식적으로 사용한 것은 이때부터다. 이탈리아 하면 피자와 파스타를 비롯한 올리브 오일, 발사믹, 티라미수, 젤라토, 에스프레소, 초콜릿, 파르메산 치즈, 프로슈토, 와인 등 익숙한 식재료와 음식들이 끝도 없이 떠오른다.

해외여행 중 육류를 먹고 싶을 때 실패 확률이 가장 낮은 고기는 닭 요리다. 닭 요리는 가격이 저렴하고, 세계 어디서든

안 먹는 나라가 없을 정도로 대중적이다. 식당에도 닭 요리 같은 곳이 있다. 해외여행 중 음식점을 선택할 때 가장 성공 확률이 높은 곳이 바로 이탈리안 레스토랑이다. 웬만한 도시에는 이탈리안 레스토랑이 있고, 낯선 이국이라 할지라도 이곳에는 익숙한 음식이 많으며, 가격 또한 높지 않은 편이다.

이탈리아는 미식 도시들이 마치 포도송이처럼 얽혀 있다. 그렇다 보니 10박 11일 일정으로도 그 도시들을 모두 들르기는 쉽지 않다. 이탈리아 정부 관광청에 근무하는 김보영 소장에게 조언을 받아 이번 이탈리아 미식 여행은 북이탈리아로 좁히기로 했다. 이탈리아 북부 지역으로 한정했음에도 여러 미식 도시를 그냥 지나칠 수밖에 없음이, 하루 세끼밖에 먹을 수 없음이 안타까울 따름이었다.

밀라노 펙

밀라노에서 반드시 들러야 할 필수 코스 두오모. 고딕 양식의 웅장하고 화려한 내부와 옥상의 장식들을 본 뒤 밀라노에서 가장 유명하다는 식료품점 펙**Peck**에 들렀다. 1층에는 이탈리아는 물론이고 세계적으로 알려진 유명 산지의 식품들로 가득했다. 여기에서는 조리된 음식들도 함께 판매했는데, 그것들은 마치 예술 작품처럼 눈부시고 아름다웠다. 지하에는 와인 시음을 겸한 와인 판매장이 있었고, 2층에는 가성비가 좋은 식당으로 알려진 레스토랑

알펙Ristorante Al Peck이 있었다. 1883년 소시지 가게로 시작한 식료품점 펙은 130년의 역사를 거치며 밀라노, 이탈리아를 넘어 세계 최고의 식료품점이 되었다.

사랑의 성지 '줄리엣의 집'

밀라노에서 160km를 달려 베로나로 향했다. 베로나는 셰익스피어의 희곡 『로미오와 줄리엣』의 배경 도시다. 세계적으로 연극, 영화, 뮤지컬, 오페라 등 다양한 형식으로 끊임없이 창작 배포되는 작품인 만큼 관광객도 많다.

작품의 무대인 '줄리엣의 집Casa di Giulietta'으로 들어가는 골목길은 관광객들로 넘치고, 벽에는 연인의 이름과 하트가 그려진 낙서, 철문엔 영원한 사랑을 기원하는 자물쇠들이 빼곡하다. 작은 마당에는 줄리엣 동상이 세워져 있고, 2층 발코니에는 입장료를 지불하더라도 줄리엣이 되고픈 여성들이 줄지어 사진 촬영을 한다. 어린 시절 보았던 올리비아 핫세 주연의 영화 속 줄리엣의 집은 '사랑의 성지'였지만, 실체는 몰려드는 관광객과 기념품 상점들로 둘러싸인 조악한 관광지의 모습이었다. 소위 '유럽 3대 썰렁'으로 불리는 코펜하겐의 인어공주, 브뤼셀의 오줌싸개 동상, 독일 라인강의 로렐라이 언덕 요정 소녀상과 비교해도 손색이 없을 만큼 실망스럽다. 진실은 현장에 있고, 여행은 이것을 실체로 확인하는 기회다.

레퀴엠과 천둥, 번개

여름 동안 베로나는 유럽 전역에서 몰려드는 관광객들로 넘쳐난다. 베르디 탄생 100주년을 기념해 1913년부터 시작된 베로나 오페라 축제 때문이다. 매년 6월 말에서 8월 말까지 아레나에서 오페라를 상연하는데, 이탈리아를 대표하는 오페라 작곡가인 베르디와 푸치니의 작품이 주로 공연된다. 아레나 주변의 노천 카페에서 샐러드와 피자로 간단히 저녁 식사를 마친 뒤 아레나에 도착하자 조금씩 빗방울이 떨어지기 시작했다. 우리가 방문한 날에는 마침 정명훈이 지휘하는 베르디의 〈레퀴엠〉을 공연하는 날이었다. 〈레퀴엠〉 공연 도중 조명이 하늘을 비추며 번개 치는 장면이 연출되는데, 하늘은 먹구름으로 가득했고 번개를 동반한 천둥소리가 들려왔다. 나를 비롯해 관객들 대부분이 이 장면을 연출로 착각하고 '오~' 하는 탄성을 내질렀다. 공연이 끝나갈 무렵에서야 그것이 연출이 아님을 깨달았고, 지휘자와 단원들은 비가 쏟아지기 직전에 가까스로 연주를 끝냈다. 관객들 모두 일어서서 박수를 보내며 앙코르를 연호하자 지휘자 정명훈은 말없이 손을 들어 하늘을 가리키며 '앙코르 불가'를 알렸다.

경기장을 빠져나오자 널따란 광장 주변의 식당과 카페들은 어느새 술집으로 변신해 있었다. 우리는 광장을 지나 택시 정류장으로 향했다. 하늘을 보니 한바탕 쏟아질 기세였다. 택시에 올라타고 잠시 뒤 아니나 다를까 폭우가 쏟아졌다. 일행 모두 제때

비를 피한 덕분에 젖지 않고 호텔에 무사히 도착할 수 있었다. 이럴 때 이탈리아 사람들이 쓰는 말 "Grazie a Dio!", 그야말로 상황적으로 "하느님 감사합니다!"

모데나 쿠킹클래스

모데나에서 이탈리아 관광청이 섭외해준 쿠킹클래스에 참가했다. 이 지역의 유명 셰프가 어시스턴트 세 사람과 함께 반죽부터 시작해 파스타와 뇨키 만드는 과정을 가르쳐주었다. 어시스턴트 중 두 사람은 셰프와 마찬가지로 흰옷을 입고 있었고, 한 사람은 검은 정장을 입고 있었다. 흰 옷을 입은 두 사람이 셰프를 도와 바삐 움직이는 와중에도 검은 정장을 입은 사람은 한쪽 귀퉁이에 서서 그 자리를 지킨 채 움직이지 않았다. 슬슬 그 친구의 역할이 궁금해지던 찰나, 우리가 파스타와 뇨키를 만든 뒤 셰프와 두 어시스턴트가 바쁘게 새로운 요리를 만들어 점심을 차려내자 그가 움직이기 시작했다. 그랬다. 그의 역할은 요리가 아니라 서빙이었다. 쿠킹클래스임에도 그는 품격 있는 서빙을 위해 검은 정장을 차려입었던 것이다. 최근 우리나라에도 쿠킹클래스가 많아졌지만, 아직 이런 부분까지 세분되지는 못한 것 같다.

직접 만든 이탈리안 음식으로 점심을 마치고 밖으로 나오니 바로 옆에 유네스코 세계문화유산에 빛나는 모데나 대성당이 있었다. 좀처럼 누리기 어려운 새로운 경험에서 온 자부심 때문인지,

왠지 시건방진 생각이 들었다. "모데나에 와서 대성당을 먼저 들르지 않고 정통 이탈리안 음식 만들기를 해본 사람 있으면 나와보라!"

그로부터 5년 뒤 2018년 2월, '올리브 인문 미식회'에 프렌치 레스토랑을 운영하는 박민재 미쉐린 스타 셰프를 초청해 특강을 들었다. 그날 박 셰프가 힘주어 강조했던 말은 "셰프가 건방져지면 음식 맛이 변합니다. 그리고 고객은 즉시 알아챕니다." 항상 겸손하기를 당부하는 유명 셰프의 말에 모데나에서 가졌던 생각은 그야말로 '일일지구부지외호一日之狗不知畏虎', 하룻강아지가 범 무서운 줄 모르는 치졸한 생각이 아니었던가? 하지만 그때의 신선한 경험은 아직도 생생하게 남아 있다.

슬로푸드 운동의 고향

브라는 이탈리아 북서쪽 피에몬테주 한가운데 위치한 인구 3만 명의 작은 도시다. 1986년 봄 이탈리아 수도 로마의 중심가 에스파냐 광장에 맥도널드 햄버거 1호점이 문을 열자, 그곳에 몰려든 많은 젊은이에 의해 광장은 통제 불능 상태가 되었다. 저렴한 가격, 빠른 음식 서비스, 맛에 최우선 가치, 음식 맛의 일관성을 추구하는 맥도널드의 패스트푸드에 사람들은 환호했다. 그리고 얼마 뒤 패스트푸드가 비만과 당뇨를 일으키고 이탈리아 식생활 문화를 망치는 위기를 초래하자, 브라에서는 카를로 페트리니와 그 동료들이 중심이 되어 정성이 담긴 전통 음식으로 건강한 먹거리를 되찾자는 '슬로푸드 운동'이 시작되었다.

"미식이란 무엇인가"라는 질문에서 시작해 전통식, 소박한 식재료, 유기농업, 건강에 좋은 음식과 요리로 사람들의 관심을 끌며, 슬로푸드 운동은 세계적인 음식 문화 운동으로 발전했다. 1989년 파리에서는 국제 슬로푸드 운동을 위한 모임과 동시에 전 세계 슬로푸드 운동을 지원하기 위한 슬로푸드 선언문을 발표했다. 슬로푸드 운동의 시발점인 작은 도시 브라를 걷다 보면 여타 도시들과의 차이점을 발견한다. 이곳에는 그 흔한 패스트푸드 음식점이 전혀 없다.

슬로푸드 운동의 3대 지침

1. 사라져갈 우려가 있는 전통 식재료나 요리, 질좋은 식품, 와인술을 지킨다.
2. 아이들과 소비자들에게 미각을 교육한다.
3. 좋은 식재료를 제공하는 생산자를 보호한다.

세계를 관통하는 음식

식료품점과 레스토랑을 겸한 곳을 '그로서란트Grocerant'라고 한다. 밀라노의 펙, 토리노의 이틀리를 둘러보면서 한국에는 언제쯤 이런 멋진 그로서란트가 생길지 부러웠다. 그런데 2년이 채 지나지 않은 2014년 가을, 롯데백화점 에비뉴엘 월드타워점에 이탈리아프리미엄 식료품점 '펙'이 오픈했고, 2015년 현대백화점 판교점에 이탈리아 종합 식료품점 '이틀리'가 오픈했다. 이것만 봐도 이제는 어떤 재료를 사용하는지, 어떤 음식을 만드는지에 대한 글로벌 경쟁이 치열해졌고, 식품은 전 세계를 관통하는 트렌드이자 패션이 되었다.

이탈리아 여행을 다녀와서 느낀 것이지만, 적어도 피자와 파스타는 한국에서 먹는 것도 나쁘지 않다. 그만큼 셰프나 레스토랑의 수준이 최근 몇 년 사이에 놀랍도록 좋아졌다. 일본 도쿄의 유명 프랑스 빵집에서 프랑스인 블랑제제빵사를 초빙했다는 얘기를 들은 적이 있다. 그는 우쭐대며 도쿄에 왔는데, 일본인 제빵사들의 빵 만드는 모습을 보니 파리의 제빵사들보다 더 잘 만들고 있었다. 그래서 파리로 돌아가겠다고 하자 그를 초빙한 도쿄의 빵집 사장은 이렇게 말했다. "당신은 제빵사 복장을 차려입고 매장을 둘러보기만 하면 됩니다."

왜 이 이야기를 하느냐고? 2, 3년 후에는 우리나라에서 먹는 피자, 파스타와 이탈리안 요리들이 현지보다 더 훌륭한 품질과 맛이 될 것을 의심치 않아서다.

품격 있는 밥상

몇 해 전부터 지역의 자치단체마다 먹거리를 중심으로 지역 콘텐츠를 개발한다고 야단법석이다. 안동에서는 고택 문화와 접목한 관광 먹거리 문화로 '퇴계 정식', 충청도 예산에서는 '추사 밥상', 여수와 통영에서는 '이순신 밥상' 등을 만들었다. 하지만 대부분 실패한 것 같아 무척 다행이다. 이런 발상들이 성공할 리도 없겠지만, 만약 성공했다면 존경받는 역사 속 인물들의 엄격하고 청빈한 정신이 연예인들의 먹방으로 망가졌을 것이기 때문이다. 아무리 먹방이

대세라 하더라도 그것만은 달갑지 않다.

품격 있는 공간

품격은 사람이 지닌 품성과 인격을 가리킨다. 사물이나 행위, 공간에서도 그 품위에 따라 품격을 말할 수 있다. 특정 공간이 화려하고 값비싼 물건으로 채워져 있다고 해서 품격 있는 공간이라고 말하지는 않는다. 그렇다면 건축 공간을 품격 있다고 말하려면 어떤 기준으로 평가해야 할까? 백제로부터 이어져 온 조선의 미의식 중에 "검이불루 화이불치儉而不陋 華而不侈, 검소하지만 누추하지 않고 화려하지만 사치스럽지 않다"라는 글은 품격의 개념을 매우 적절하게 표현하고 있다.

품격을 추구했던 조선 선비들의 공간 미학이 잘 구현된 집은 퇴계가 기거하던 도산서당이다. 정면 3칸, 측면 1칸으로 부엌, 방, 마루가 각 1칸이고, 흙바닥, 온돌, 마루라는 근원적 요소로 꾸며진 공간이다. 미국 항공우주국 NASA의 실험에 따르면 한 사람에게 필요한 최소한의 공간은 16.2m³라고 한다. 약 500년 전에 지어진 퇴계의 1칸 방15.5m³은 그보다 작다. 송나라 초기 은일隱逸 선비의 표상인 도연명은 『귀거래사歸去來辭』에서 무릎을 구부려 앉는 작은 방 '용슬容膝'을 최고의 가치로 얘기하는데, 동아시아의 지식인들은 이 작은 공간을 수양과 검소함을 실천하는 이상적 모범으로 삼아왔다.

퇴계의 밥상

검박한 공간에서 매일 수양하는 선비의 밥상은 어떠했을까? 퇴계의 제자들과 도산서원을 드나들었던 사람들이 기록한 『퇴계 선생 언행록』 3권 「벼슬살이와 향리 생활을 말함」 편에는 단출하기 그지없는 퇴계의 밥상이 기록되어 있다. 그 기록에 따르면 퇴계 선생의 밥상은 세 가지 반찬을 넘지 않았고, 여름에는 건포 한 가지뿐이었다.

퇴계는 "나는 참으로 박복한 사람이다. 기름진 것을 먹으면 체한 듯하여 속이 편치 않은데, 쓰거나 거친 음식을 먹으면 속이 편하다"고 했다. 잡곡밥에 가지와 무나물, 미역뿐인 밥상을 그는 하루 두 끼만 먹었다고 한다. 그 이유는 퇴계 스스로 말한 체질 탓도, 어릴 때부터 잔병치레를 많이 해 위장이 좋지 않은 탓도 아니었다.

퇴계가 한양에 머물 때 좌의정 권철과 함께한 식사가 그 이유를 제대로 말해주고 있다. 퇴계가 평소처럼 차린 밥상을 권철은 맛이 없어 젓가락도 대지 못했다. 그 모습을 본 퇴계는 "제가 대감께 올린 밥상은 백성들에 비긴다면 성찬"이라며, 여민동락與民同樂을 잊은 정치인, 백성들의 생활과 동떨어진 관리들을 염려했다. 이 말을 들은 권철은 다른 사람에게 "종전에 내 입을 잘못 길들여 이 지경에 이르렀으니 너무나 부끄럽구나"라고 했다. 그는 평소 자신이 먹던 밥상과 퇴계 선생의 검소하고 초라하기 그지없는 밥상을 비교하고는 깊이 반성했던 것이다.

추사의 밥상

조선 후기의 대표적인 서예가이자 금석학자, 고증학자, 화가이기도 했던 추사 김정희는 금석학 연구를 통해 북한산에 올라 신라 진흥왕 순수비를 밝혀냈다. 그는 조선 후기에 왕실과 겹사돈을 맺었던 권문세가의 장자로 태어나 어려서부터 호사를 했기에 좋은 음식에 대한 경험 또한 다양하고 화려했다. 서체 전문가 김영복은 추사가 자신만만하던 젊은 시절에 썼던 서체를 기름진 중국 음식에 빗대어 탕수육 같다고 표현했다.

평생 화려한 삶을 살던 추사가 54세에 제주도로 유배 가서 겪었던 가장 큰 불편함은 먹는 일이었다. 부인에게 보냈던 편지에는 온통 먹는 음식에 대한 불평과 제주에 없는 음식들소고기, 민어, 어란, 잣, 호두, 곶감 등, 심지어 김치를 담가 보내 달라는 내용이었다. 이듬해 부인이 세상을 떠나면서 추사는 제주 유배 생활에 적응하게 되었고, 훗날 거칠고 소박한 음식을 예찬하게 되었다. 추사가 말년에 써낸 서체가 어린아이가 쓴 글씨처럼 꾸밈없이 편안해 보이듯이, 그는 71세의 나이에 "세상에서 가장 좋은 반찬은 두부, 오이, 생강, 나물"이라는 글大烹豆腐瓜薑菜, 대팽두부과강채을 남겼다.

현대의 품격 있는 밥상

궁핍했던 조선 시대에는 검박함을 숭상하는 것이 최고의 가치였다. 그렇다면 먹거리가 넘치는 오늘날의 품격 있는 밥상은 어때야 할지 생각해본다.

첫째, 좋은 식재료로 만들어진 적절한 가격의 음식이어야 한다.

둘째, 맛과 멋이 함께 담겨 있어야 한다.

셋째, 배고픈 사람과 환경을 생각하는 절제된 음식이어야 한다.

내가 생각할 때 이런 밥상이 현대의 품격 있는 밥상의 조건이며, 무엇보다 먹는 사람들이 자신의 미각을 통해 행복을 느낄 수 있어야 한다.

문제는 여전히 경제야

"문제는 경제야, 바보야!"

1992년 미국 대통령 선거에서 민주당의 빌 클린턴 후보가 사용했던 구호다. 당시 공화당의 조지 부시 대통령은 걸프전을 승리로 이끌면서 89%의 지지율과 현직 대통령이라는 프리미엄을 배경으로 재선에 별 어려움이 없어 보였다. 더구나 민주당의 경쟁자는 미국에서 두 번째로 가난하고 작은 아칸소주의 주지사였다. 대부분의 여론 조사는 부시의 압도적 재선을 예측했고,

공화당은 승리를 낙관하고 있었다.

선거전이 시작되면서 공화당은 걸프 전쟁 승리와 부시 대통령의 과거 업적을 내세운 데 비해 클린턴 진영은 오직 한 개의 문제만 내세웠다. 그것이 바로 그 유명한 메시지 "It's the economy, stupid문제는 경제야, 바보야"다. 그는 미국인들의 먹고사는 일을 해결하겠다고 나섰고, 그의 부인 힐러리 클린턴 역시 젊은 여성 변호사로, 여성 운동가의 역할을 자임하며 남편의 선거 운동에 적극적으로 참여했다. 결과는 클린턴의 승리였다.

그로부터 24년이 지난 2016년, 미국 대통령 선거에 민주당 후보로 나선 힐러리 클린턴과 공화당의 도널드 트럼프를 두고 미국 주요 언론의 90% 이상이 힐러리의 당선을 예측했다. 하지만 결과는 다수의 선거인단 수를 획득한 트럼프의 승리로 돌아갔다. 트럼프 승리의 주요 요인은 "It's still the economy, stupid문제는 여전히 경제야, 바보야"라는, 경제를 앞세운 선거 정책이었다.

앞서 조선이라는 나라의 정체성을 나무와 비유해서 설명했다. 나무의 뿌리는 한 나라의 이념이며, 줄기는 정치 경제이고, 꽃을 문화 예술로 비유했다. 어떤 국가이던 이념이라는 뿌리가 있어야, 이를 기반으로 줄기에 해당하는 나라의 정치, 경제 제도가 확립되고, 이는 문화와 예술이라는 꽃으로 피어난다는 것이다. 이런 과정을 통해 조선의 문화를 꽃피운 '진경 시대'와 '진경산수'가 이루어졌다는 간송학파의 생각에 전적으로 동감한다. 그런데 음식 잡지를 발행하고 먹거리의 중요성을 생각하게 되면서 혹시 경제가 뿌리가 아닐까 하는 생각을 하게 되었다.

중국의 역대 왕조가 가장 중요하게 여겼던 국가 운영 철학은 '민이식위천民以食爲天'이었다. 즉 백성의 하늘은 먹거리인데, 우리나라도 별반 다르지 않았다. 조선의 500년 역사를 살펴보면 국가의 경제력이 취약해 국방은 물론이고, 백성들의 먹거리는 늘 부족한 상태였다. 경제를 뿌리로 본다면, 그런 상태에서 국가를 운영하려면 '가난貧을 무릅쓰고, 맑음淸을 추구하는 청빈淸貧'이라는 선비정신을 통치 이념으로 채택할 수밖에 없는 상황이었다.

먹거리의 중요성은 현대 국가의 운영에도 적용할 수 있다. 20세기 후반 대한민국이 5,000년의 가난을 극복하고, 세계 10위권 경제 규모를 만들어낸 것은 온 국민이 '잘살아 보세'라는 경제 이념을 뿌리에 두고 노력한 결과로 생각된다. 2018년 세계를 뒤흔드는 미국과 중국의 무역 전쟁은 경제 패권을 유지하기 위한 것이고, 한국 사회를 주도하는 이념 또한 경제적인 이슈일 뿐이다. 소득 주도 성장이든 혁신 성장이든 국민은 일자리가 보장되고 미래의 먹거리가 안정적으로 해결되기를 바랄 뿐이다. 언제나 시급하고도 중요한 것은 먹고사는 문제다. 오늘날 사람들의 생각은 경제 상황에 따라 좌우되고, 그에 따라 소확행小確幸, 작지만 확실한 행복이나 YOLOYou Only Live Once, 한 번 사는 인생 후회 없는 선택하기 같은 생활양식이 유행의 중심이 되고 정당화된다. 그런 다음 문화 예술이라는 꽃이 뒤따르고, 음식이라는 열매가 맺어진다.

열매는 끝단의 결실이지만 끝맺음은 아니다. 열매 속에는 미래를 위한 씨앗이 담겨 있다. 씨앗은 새로운 뿌리를 만들어내는 원천이며 경제의 시작점이다. 경제 용어로 벤처 자본Venture Capital의 창업 초기 자본이 '시드 머니Seed Money'라고 불리는 이유이기도 하다. 인류의 문명을 탄생시킨 3대 문명 작물, 쌀, 밀, 옥수수 역시 모두 씨앗이며, 그로부터 오늘날 우리가 만들어졌다.

영원한 승리의 그 날까지

쿠바는 그 이름만으로 우리를 흥분시키고 설렘을 주는 나라다. 『맛의 원리』의 저자 최낙언은 풍부한 지식과 다양한 경험을 바탕으로 맛의 즐거움에 대한 의견들을 제시한다. 그는 식품과학자로서 맛이 무엇인가를 한마디로 정의한다면 “맛은 뇌에서 도파민을 분출하는 것”으로 규정한다. 이와 마찬가지로 우리가 어떤 나라 혹은 도시의 이름을 듣는 순간 뇌에서 도파민이 분출되는 경험도 가능할 것이다. 예를 들어 산악인이라면 네팔의 히말라야,

종교인이라면 예루살렘이나 룸비니, 예술가들은 피렌체, 패션 종사자들은 파리나 뉴욕 같은 도시들이 있을 것이다.

론리플래닛 가이드는 쿠바를 "낡았지만 장엄하고, 쓰러져 가면서도 위엄을 잃지 않는, 흥미로운 동시에 당혹스러운 여행지, 정의하기 어려운 신비로운 나라"로 서술한다. 쿠바는 나라 이름을 듣는 순간 연상되는 매력적인 단어가 무척 많다. 우선 '쿠바'라는 나라 이름 자체의 매력과 함께 체 게바라, 피델 카스트로, 시가, 부에나비스타 소셜 클럽, 럼주, 모히토, 헤밍웨이, 마피아 영화 등 쿠바와 연관되는 단어들을 모두 합치면, 쿠바라는 나라의 엄청난 매력도를 산출할 수 있다.

영원한 승리의 그 날까지

낯선 곳으로의 여행은 새로움의 발견이다. 여행지의 새로운 환경에서 그들이 가진 것들을 오감을 통해 보고 듣고 접하게 된다. 사람들이 뇌에서 인지하는 정보의 비율은 시각을 통해 87% 감지하고, 그다음 청각을 통해 7% 감지한다고 한다. 해석하자면 시각은 다른 나머지 모든 감각보다 훨씬 많은 정보를 받아들이는 중요한 창구이며, 청각 역시 촉각, 후각, 미각보다 더 많은 정보를 받아들인다. 즉 사람은 시각과 청각을 통해 대부분의 정보를 받아들이는 것이다.

시각을 통해 쿠바에서 가장 많이 본 것은 체 게바라의

이미지였다. 어디를 가나 베레모를 쓴 그의 캐리커처를 볼 수 있고, 벽화와 동상이 있다. 관광객들에게 가장 많이 팔리는 상품 또한 그의 얼굴이 그려진 티셔츠다. 그리고 그림과 함께 'Hasta La Victoria Siempre'라는 짤막한 문장이 시골이든 도시든, 쿠바 어디를 가더라도 함께 쓰여 있다. 우리말로 번역하자면 '영원한 승리의 그 날까지'다.

청각을 통해 접하는 쿠바는 이 나라를 더욱 매력적으로 만든다. 쿠바 사람들에게 녹음된 음악은 진정한 음악이 아니다. 손, 살사, 룸바, 트로바 음악 등이 탄생한 쿠바에서는 카페, 레스토랑, 술집, 광장, 길거리 어디에서든 모든 음악이 라이브로 연주된다. 그들의 음악은 즉흥적이고 자신감 넘치며, 그 음악에 맞춰 사람들은 조금의 망설임도 없이 춤을 추며 즐긴다. 쿠바인들의 음악적 재능은 전설적인데, 1990년대 불과 6일간의 녹음을 통해 발매되어 세계적으로 히트한 '부에나 비스타 소셜 클럽'의 앨범이 이를 잘 설명해준다. 이 앨범 대표곡 〈Chan Chan〉은 쿠바를 여행하면서 가장 많이 듣게 되는 노래다.

소프트 파워의 힘

1959년 쿠바에 공산주의 정부가 들어서면서 이를 매우 불편하게 여긴 미국은 공산정권을 붕괴하기 위해 50년 넘도록 경제 봉쇄를 시도했다. 하지만 쿠바는 자기들만의 사회주의 경제 체제를 통해 풍요롭지는 않아도 교육과 의료 분야에 강점을 지닌 나라를 만들었다. 아울러 구소련 붕괴 후에도 무너지지 않고 유기 농업을 통해 경제적 어려움을 극복하고 활기를 찾아가는 모습을 보고 미국은 쿠바의 경제 봉쇄 실효성에 의문을 갖기 시작했다.

오바마 대통령은 경제 봉쇄를 해제하는 방향으로 정책을 전환하여 2015년 미국과 쿠바는 오랜 대결 관계를 끝내고 국교를 정상화했다. 양국은 경제 교류를 통해 새로운 관계로 진입했고, 쿠바의 수도 아바나에는 미국 관광객들이 넘친다. 전 세계적으로 이토록 오랜 기간 동안 미국과의 대결에서 큰 상처를 입지 않고 전쟁이 아닌 유기 농업의 힘, 소프트 파워를 통해 양국 간의 관계를 해결한 경우는 흔치 않다. 쿠바인들이 염원하던 영원한 승리는 전쟁을 통해 이루어지지 않았다. 그보다는 자연과 인간이 함께하는 유기 농업을 통해 상처받지 않고 '영원한 승리'를 만들어가는 과정에서 이루어졌다.

도전한다, 통영 꿀빵 정신

젊은이들 사이에서 통영이 뜨고 있다. 무엇보다 음식이 유명하다. 1990년대 초 『나의 문화유산답사기』라는 인문 여행의 첫 번째 책이 '남도 답사 일번지'라는 부제와 함께 해남, 강진 일대를 소개하면서 우리 것들을 새롭게 보기 위한 우리 문화 답사가 시작되었다면, 음식의 시대를 사는 지금 젊은이들이 '미식 여행 일번지'로 꼽는 곳은 아마도 통영이 아닐까 싶다.

지역 음식 취재차 통영에 갔다. 새벽 서호시장에서 시락국과

복국을 먹고, 벽화로 유명해진 동피랑마을을 둘러본 뒤 택시로 이동하며 기사에게 물었다. "통영항 선착장 앞에 보이는 꿀빵집들만 스무 곳이 넘는 것 같습니다. 도대체 원조 꿀빵집은 어디고, 어느 곳이 맛있습니까?"

나이 지긋한 택시 기사의 답변은 "맛은 다 똑같다. 장사 좀 된다 싶으니, 너도나도 다 꿀빵집을 차리는 거다. 그래서 장사가 될 턱이 있나?" 비판적인 택시 기사의 답변과 통영의 수많은 꿀빵집을 보면서 한국인 특유의 진취적 도전 정신을 생각하게 된다. '네가 하는데! 나라고 못 할 이유가 없다'는 생각은 다른 나라 사람들에게 쉽게 찾을 수 없는 한국인들만이 가질 수 있는 오기와 도전 정신이 아닐까 생각하던 중 드라마틱한 장면을 목격했다.

통영 여객선 선착장 앞에 줄지어 늘어선 꿀빵집 가운데 세 곳에서 한국인의 엽기적 도전 정신을 발견할 수 있었다. 큰 길가에 늘어선 수건 가게, 꽃 가게, 과일 가게가 상점을 절반씩 나눠 꿀빵을 만들어 팔고 있었다. 꿀빵집이 아무리 잘된다 해도 세계 어느 나라 사람들이 자신의 업종과 전혀 상관없는 업종에 이처럼 과감하게 뛰어들 수 있을까. 우리나라 최장수 인기 TV 프로그램의 하나가 '무한도전'이었다는 사실을 보면, 단순한 오락을 넘어서 이 프로그램에는 분명 한국인의 정체성과 DNA가 담겨 있음이 틀림없다.

변화에 대한 욕망과 도전, 적응력에서 한국인은 세계 최고라고 생각된다. 대한민국이라는 나라가 먹고사는 중요한 품목 중 하나가 스마트폰이다. 스마트폰은 전 세계 사람들이 가장 많이 사용하는 IT 기기로, 삼성과 LG는 빠르게 변화하는 스마트폰 시장에서 '졸면 죽는다'라는 생각으로 치열하게 경쟁하고 있다. 일본의 유수 전자 기업들도 고전하고 있는 시장에서 미국의 애플, 중국의 후발 기업들과의 경쟁에서 선전하고 있는 두 기업에 큰 고마움을 느낀다. 하지만 우리 국민이 두 기업에 고마워하는 이상으로 두 기업 또한 국민에게 깊이 감사해야 할 것이다. 이들 두 기업이 세계적인 경쟁력을 갖출 수 있는 기반을 국민이 무한히 제공해왔기 때문이다.

2007년 1월 미국 샌프랜시스코에서 열린 맥월드에서 스티브 잡스는 아이폰의 최초 상용 모델을 발표했다. 당시 세계 휴대폰 시장은 핀란드의 노키아가 세계 시장의 40%를 장악하고 있던 때였다. 애플 아이폰이 2007년 처음 세상에 나왔을 때 노키아 경영진들은 일종의 '조크joke'라고 판단했다. 앞서 노키아는 아이폰 출시 2년 전 터치스크린 전화기를 내놓았다가 시장에서 참담한 실패를 맛보았고, 그런 연유로 터치스크린 전화기의 상업적 성공 가능성을 크게 보지 않았다.

한때 세계 1등의 휴대폰 회사 노키아가 몰락의 길을 걷게 된 데에 관한 분석들이 많다. 이카로스 패러독스, 전략적 실패, 조직의 문제 등을 꼽지만, 그보다 근본적인 원인은 소비자의 영향이 크다고 생각한다. 핀란드라는 나라에 가본 사람들은 알겠지만, 새로운 혁신 제품에 대한 국민의 반응은 우리와 사뭇 다르다. 노키아는 터치스크린 전화기를 핀란드나 유럽 소비자들이 받아들이지 않았다는 이유로 스마트폰 시장을 오판했고, 아이폰이 출시되면서 다가올 위협에 대한 문제의식이 부족했다.

2009년 11월 28일 대한민국에 아이폰 3GS가 정식으로 출시되었을 때 한국 사람들의 반응은 가히 폭발적이었다. 너도나도 스마트폰을 구매했고, 엄청난 속도로 보급되는 시장을 보면서 당시 피처폰이라는 휴대폰 시장에 안주해 있던 삼성, LG, 팬텍 등 국내 기업들은 엄청난 충격과 동시에 스마트폰을 만들지 않으면 순식간에 퇴출당할 것이라는 위기감을 느꼈다. 그 계기는 바로 한국 소비자들의 스마트폰에 대한 혁신 수용성이었다. 한마디로 국내 기업들을 난리치게 한 것은 바로 국민이었다. 한국 시장이 세계 IT 제품의 테스트베드라는 말이 나올 수 있었던 것은 다름 아닌 한국인들의 신제품에 대한 호기심과 수용성, 적응력 때문이다. 그리고 '나도 할 수 있다'라는 오기와 근성으로 똘똘 뭉친 한국인의 심성에서 비롯되었음이 분명하다.

2016년 초 이세돌 9단과 구글 알파고의 바둑 대결에서도 비슷한 상황이 연출되었다. 나중에 알려진 사실이지만, 40대의 컴퓨터에 1,200여 개의 중앙 연산 처리 장치와 200여 개의 그래픽 카드를 장착한 알파고의 인공신경망은 초당 수만 개의 확률을 연산하고, 1분 정도면 이기는 수를 찾아낸다고 한다. 그런 알파고와의 대결은 인간의 능력으로는 불가능한 데다 애초부터 공정하지 않은 게임이었다. 하지만 이세돌 9단은 3연패 끝에 1승을 올렸다. 이는 인간의 두뇌가 할 수 있는 수학적 계산이 아니라 결단코 기계에 질 수 없다는 오기와 투혼이 찾아낸 묘수 덕택으로 해석할 수 있다.

통영의 수건 가게, 꽃 가게, 과일 가게가 보여주는 모습은 바로 이 근성 때문이다. 첨단 IT 시대에 한국이 세계적 기업들을 따라갈 수 있는 힘은 바로 '나도 꿀빵을 만들 수 있다'고 생각하는 '꿀빵 정신'에서 나온다. 거짓말 같겠지만, 지금 통영에서는 '오미사 꿀빵'이라는 원조를 무색하게 하는 수많은 꿀빵집들이 새롭게 생겨나고 있고, 밀가루 반죽에 팥을 넣고 설탕을 바른 전통적인 꿀빵이 고구마, 녹차 등 새롭게 변형된 갖가지 버전의 꿀빵으로 진화하고 있다. 대한민국 경제에 스마트폰이 상당한 역할을 하듯이 꿀빵은 통영 경제에 이바지한다. 통영의 꿀빵은 한국 스마트폰의 축소판이나 다름없다.

2017년 봄 미식클럽 전당대회차 들른 통영에서 맛본 가장 진화된 꿀빵은 설탕이 아닌 진짜 꿀을 바른다는 '만나꿀빵'이었다.

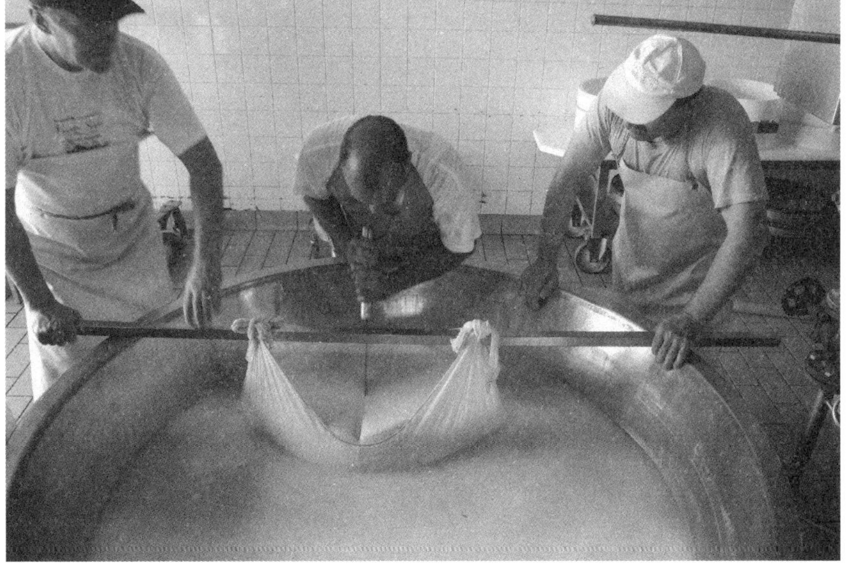

Adotta un orto
in Africa
Adopt a garden
in Africa
"SLOW FOOD ON FILM"
"VICOLI CORTI"
"IL SERRAGLIO"
"CHIACCHIERE E FRUTTE"

Hasta la Victoria Siempre
FIDEL

삶을 맛보고 느끼다

이란으로의 미식 여행은 갑자기 정해졌다. 네 번째 미식 여행의 원래 예정지는 이집트였다. 하지만 이집트 치안 상황이 불안한 탓에 목적지를 이란으로 변경했다. 인터넷으로 론리플래닛 디지털 이란 가이드를 구매해 일정을 짜고 관광 명소와 식당을 알아보려니 해야 할 일이 너무 많았다. 이번에도 실크로드 전문가인 국립중앙박물관 민병훈 부장께 안내를 부탁하자 흔쾌히 승낙해주었다. 현지 문화재 전문가가 안내를 맡아준다니 한결 마음이 놓였다.

이란으로 출발하는 날은 설 직후. 그런데 설을 이틀 앞두고 아침부터 배가 아파져 왔다. 소화제를 먹고 온종일 누워 있었다. 다음 날에도 배는 계속 아파 동네 병원을 찾았지만, 연휴라서 병원들은 모두 문을 닫아 약국에서 사 온 약으로 버텼다. 저녁까지 끙끙대다 결국 밤 10시에 국립중앙의료원 응급실을 찾았고, 복부 촬영 등 몇 가지 검사를 받은 뒤 급성 맹장염이라는 진단을 받았다. 자정이 되어 수술실로 들어가는데 만감이 교차했다. 그 와중에 이란 여행을 어떡할지 걱정하며 잠에 빠져들었다. 깨어나 보니 설날 아침, 아내가 옆을 지키고 있었다. "아플 거면 진작 좀 아프지. 차례 준비 다 끝내니까 수술받네." 설날 아침을 병원에서 보내며 친척들의 문병을 받았다.

금지된 장소에서 누리는 행복

퇴원하고 일주일 뒤 우여곡절 끝에 이란 여행길에 올랐다. 당시 이란은 서방 국가들과 오랫동안 교역이 중단된 상태라 공항에도 외국인 여행자들은 거의 보이지 않았다. 긴장된 마음으로 입국 수속을 하는데 입국 심사와 세관 직원들이 매우 친절하다. 이란 여행에서의 첫 번째 숙소인 테헤란 중심가의 호텔은 규모도 크고 부대 시설도 훌륭했다. 다만 관광객이 거의 없는 탓인지 오랫동안 유지 보수가 제대로 되어 있지 않았다. 이란의 주요 도시들을 돌아보면서 깨달은 것은 호텔만이 아니라 나라

전체의 인프라스트럭처가 그런 상황이었다. 대부분의 건축물과 공공시설들은 중동의 이슬람 국가 중 가장 개방적이었던 팔레비 2세 때 만들어진 것들이다. 세계 2위의 석유 매장량을 지닌 산유국이지만, 1979년 2월 이란 종교 혁명 이후 서방 국가들과의 교역이 중단된 면모가 도시 곳곳에서 여실히 드러난다.

버스로 테헤란 시내의 유적지를 답사하던 중 도시 뒤편으로 눈 덮인 산이 보였다. 산에 올라가 보는 건 어떻겠냐는 원로 사진작가 강운구 선생의 제안에 가이드와 상의해 산으로 향했다. 도착해서 보니 그곳은 스키장이었다. 케이블카와 리프트를 갈아타고 정상까지 올라가자 이란 사람들이 스키를 타고 있었다. 그 모습을 보자 갑자기 의문이 들었다. 도대체 왜 지금껏 이슬람 국가의 사람들도 스키를 탄다는 생각을 해본 적이 없었을까?

안전하고 따뜻한 나라

불안한 마음으로 입국했던 이란은 치안 상태가 매우 좋은 나라였고, 특히 외국인 관광객들에 대한 안전 조치가 철저해 어디를 가도 마음이 놓이는 곳이었다. 예를 들면 테헤란에서 다른 도시로 가는 고속도로 톨게이트에서 경찰관이 외국인 관광객들을 태운 버스와 탑승 인원, 목적지를 확인한 뒤 출발하게 하고, 목적지 톨게이트에서 관광객들이 안전하게 도착했는지 다시 확인한다. 이 같은 안전 조치는 어느 나라에서도 경험해보지 못한 배려였고,

여행 기간 내내 이란 사람들의 환대와 친절함에 크게 감동했다.

테헤란의 국립박물관에 갔을 때였다. 박물관 안에서는 한 무리의 초등학생들이 지도 교사의 인솔하에 설명을 듣고 있었다. 우리가 들어서는 것을 본 교사가 학생들에게 뭔가 말하는가 싶더니 곧 초등학생들이 우리를 향해 차렷하고 서서 공손하게 인사를 하는 게 아닌가. 그러고는 환하게 웃으며 우리에게 달려왔다. 지구상 어느 나라에서 외국인 관광객들이 이런 환대를 받을 수 있겠는가?

서방 관광객들이 입국하지 못하는 시기에 이 나라를 가볼 수 있었다는 것은 커다란 행운이었다. 우리는 기원전 3500년 전 메소포타미아 문명 시절에 지어진 인류 문명사적인 유적지 지구라트를 비롯해 세계적으로 유명한 이란의 유적지들을 마치 전세라도 낸 듯이 느긋하게 둘러보았다. 이란 사람들의 따뜻한 환대와 배려뿐 아니라 거대하고 유명한 세계적인 유적지에 관광객이라고는 우리 일행밖에 없는 행운은 그 어디에서 누릴 수 없는 것이었다. 여행 동안 가장 행복해했던 사람은 아마도 사진작가 강운구 선생이었던 것 같다. 그는 호기심 어린 어린아이처럼 눈을 반짝이며 마음껏 셔터를 눌렀다.

천상의 묘지에 눕다

야즈드는 이란 중부에 위치한 조로아스터 문화의 중심 도시로, 근교에 조로아스터교의 공동묘지 알라 하바드Allah Abad 조장鳥葬터가 남아 있다. 나무 한 그루 없는 황량한 분지 입구에는 흙벽돌로 만든 장례식장이 있고, 뒤쪽에 높다란 두 개의 야산이 있다. 산꼭대기에 산성처럼 돌로 쌓은 구조물은 '다흐메Dakhmeh'라고 불리는 침묵의 탑Towers of Silence이다. 장례식을 마친 시신을 이 침묵의 탑으로 운반해 돌판 위에 놓으면 독수리와 까마귀가 날아와 죽은 이의 살을 먹는다. 일주일 뒤면 뼈만 남는데, 남은 뼈를 원통형 구덩이에 넣는다고 한다.

조로아스터교 신앙에 따르면 죽는 순간부터 시신은 악령의 지배를 받기 때문에 시신에 의해 토양이 더럽혀지지 않게 해야 하고, 신성한 불과 접촉해서도 안 되었다. 그런 이유로 그들은 매장과 화장이 아닌 조장이라는 형식을 따랐다. 물론 요즘은 매장하기 때문에 침묵의 탑은 문화유산으로 남아 있을 뿐이다.

죽은 자들의 공간이었던 침묵의 탑에 올라 원통형 구덩이를 살피는데, 함께한 스님 한 분이 "나는 여기서 세상 떠나련다" 하시며 구덩이에 들어가 눕는다. 그러자 다른 일행들도 따라 눕는다. 죽은 자들을 떠나보내는 저승과의 경계에 누워 있는 이 장면을 강운구 선생이 사진에 담아 여행 후의 모임에서 나눠주었다. '죽음과 삶'이 만나는 이 사진은 이란 여행 최고 명장면의 하나가 되었다.

인간은 공식共食하는 동물이다

이란 여행 9일 차. 이란 남부의 대도시 시라즈 근교에 위치한 페르시아 제국의 수도였던 페르세폴리스를 방문했다. 이곳은 인류 최초의 대제국이었던 고대 이란의 아케메네스 왕조기원전 559~330년의 수도였던 만큼 지평선 끝자락이 산으로 둘러싸인 엄청난 규모의 분지다. 버스 주차장에 도착해 유적지까지 가는 길의 대규모 광장에는 가족, 친지들과 둘러앉아 피크닉을 즐기는 이란 사람들로 가득했다. 그들은 낯선 이방인에게 따뜻한 인사와 함께 굽고 있던 양고기, 닭고기, 생선 등을 건넸다. 음식보다 더 따뜻한 그들의 마음이 우리를 들뜨게 했다. 무한 호기심을 지닌 음식 전문가 한복진 교수는 그들이 건네주는 음식들을 모두 맛보며 고기와 양념, 향신료 등 레시피를 확인했다.

페르세폴리스를 둘러본 뒤 점심을 먹기 위해 근처 식당으로 갔다. 이란의 식당은 보통 야채와 과일, 빵, 견과류 등이 기본 상차림으로 미리 준비되어 있고, 양고기, 닭고기, 소고기, 생선 바비큐 중에 골라 주문을 하면 향신료가 뿌려진 밥이 함께 나온다. 식재료가 신선하고 양념들이 자극적이지 않아 한마디로 몸에 좋은 웰빙 음식에 가깝다. 음식을 먹고 나면 달콤한 견과류와 함께 홍차를 마신다. 술을 마시지 못하니 건강할 수밖에 없다.

이날은 점심으로 비빔밥을 먹겠다고 예정했던 터라 아침에 호텔을 나설 때 볶음고추장과 참기름을 미리 준비했다. 식당 주방에서 양푼과 비슷한 제일 큰 그릇을 빌려 밥과 야채를 쏟아붓고, 참기름, 고추장을 넣고 비볐다. 식당 전체에 한국의 진한 참기름 향이 가득 퍼졌다. 음식 맛을 궁금해하는 식당 안의 이란 사람들과 비빔밥을 나눠 먹었다. 이로써 페르세폴리스에 들어설 때의 신세를 갚은 셈이다. 인간은 음식을 함께 나누어 먹는 동물임을 실감했다.

술이 없는 나라

이슬람교도들은 술을 마시지 않는다. 이슬람교 창시자인 마호메트가 술을 마시지 못하도록 했단다. 추측하자면 워낙 더운 지역에서 시작된 종교이기 때문이 아닐까 싶다. 이란은 이슬람교 국가이다 보니 여행에 참가한 몇몇 애주가분들은 무척 괴로워했다.

테헤란에서의 마지막 날 저녁 식사는 서양식 코스 요리를 제공하는 파인 다이닝 레스토랑에서 했다. 메뉴판을 주는데 와인 리스트가 있지 않은가. 더군다나 레드와인, 화이트와인 등 종류도 다양하다. 이를 보고 애주가인 식품회사의 CEO였던 김 대표가 환성을 질렀다. 생소한 브랜드들이라 신중하게 골라 주문을 하자 웨이터가 와인병을 들고 와 코르크 마개를 딴 뒤 테이스팅을 요청했다. 진지하게 와인잔에 받아 한 모금 들이마신 김 대표의 외마디 비명, "포도 주스야! 포도 주스!"

공식적으로 술이 금지된 이란 사회의 풍경 중 인상 깊었던 것은 저녁에 가족들이 손잡고 함께 산책하는 모습이었다. 어느 나라에서나 볼 수 있는 저녁 풍경과는 사뭇 달랐다. 가족들과 함께하는 저녁이 있는 삶은 술이 없기 때문에 가능한 것이 아닐까?

푸드 포르노 예찬

대중 매체에 음식이 넘쳐나고 있다. 특히 TV는 압도적이다. 음식을 소재로 한 드라마는 물론 거의 모든 방송 프로그램에 음식이 등장한다. 그것들을 보고 있으면 왠지 우리가 음식을 먹는 것이 아니라 이제는 음식이 우리의 몸과 정신까지 함께 먹어치우고 있는 것 같다는 생각이 든다. 마치 근면과 절약의 프로테스탄트개신교 윤리와 합리성에서 출발한 자본주의가 끝없는 탐욕으로 정치, 경제는 물론이고 문화, 예술, 종교에 이르기까지 오늘날 인류의 삶 자체를 지배하는 모습과 흡사하다.

TV에서 요리 프로그램이 본격적으로 등장한 것은 1980년대 컬러 TV 보급과 컬러 방송이 시작되면서부터다. 음식 전문가들이 스튜디오에서 요리법을 보여주던 것이 점차 음식점과 식재료를 찾아가는 프로그램을 거쳐 먹는 것을 생생하게 보여주는 먹방, 직접 요리해보는 쿡방, 세계 각 지역의 음식들을 찾아다니는 탐방으로 진화했다. 그에 따라 이젠 요리사들도 연예인이 되었고, 음식에 대한 기본 지식은 연예인이 되는 필수 항목 같은 것이 되었다. 그리고 마침내 사람들은 넘쳐나는 음식 프로그램에 피로감을 느끼며 이를 푸드 포르노Food Porno라고 비하하기에 이르렀다.

푸드 포르노는 '포르노Porno'에서 유래된 말이다. 포르노라는 단어를 위키피디아에서 찾아보면 한 줄로 짧게 설명되어 있다. "포르노그라피를 뜻함. 보는 이들을 성적으로 흥분시키기 위한 의도에서 성을 주제로 한 노골적인 묘사." 이 개념을 푸드 포르노라는 단어에 대입하면 '보는 이들의 식욕을 일으키기 위한 의도에서 요리와 음식을 노골적으로 묘사해서 보여주기' 정도로 해석하면 될 듯하다. 음식 평론가들이 폐해를 지적하는 푸드 포르노의 정확한 의미는 '음식 광고나 요리 프로그램에서 화려한 음식을 요리하는 방법이나 먹는 모습을 매혹적이고 거창하게 보여주어 먹고 싶은 욕망을 불러일으키거나 가히 섹스를 대신할 수 있을 만큼 감각적으로 보여주는 것'을 가리킨다.

푸드 포르노라는 단어는 영국의 저널리스트 겸 작가인 로잘린 코워드가 1984년에 출간한 『Female Desire여성의 욕망』에서 처음 언급했다. "요리해서 아름답게 보여주는 것이 여성들이 상대에게 애정을 표현하는 방법이자 열망하는 것으로 얘기하지만, 구속일 뿐이다. 예쁘고 선정적인 음식 사진들푸드 포르노그라피은 그 화려함으로 우리가 일상에서 준비하는 평범한 음식들을 억압할 뿐이다." 미국에서는 고지방, 고칼로리 식품을 판매하는 대기업 식품 회사들의 마케팅에 대한 반대 캠페인으로 푸드 포르노라는 용어를 사용하기 시작했다. 안전하고 건강한 음식을 위한 미국 소비자 권익 보호 단체 공익과학센터CSPI가 1988년부터 발행하기 시작한 저널에 "Right Stuff vs. Food Porno올바른 음식 대 푸드 포르노"라는 칼럼 제목을 사용하면서 푸드 포르노는 '올바른 음식'의 반대 용어로 사용되고 있다. 어찌 됐든 푸드 포르노라는 말은 섹스와 직접적인 관련은 없지만, 식食과 색色은 인간만이 아니라 모든 생명체의 본능으로 억제하기 어렵다.

2017년 추석 연휴는 10일이라는 대한민국 건국 이래 가장 긴 공식 휴일이었다. 통계에 따르면 이 기간에 102만 명의 사람들이 해외로 출국했는데, 이는 전해 추석 연휴보다 3배나 많은 수치였다고 한다. 무엇이 그토록 대한민국 사람들을 해외로 떠나도록 했을까?

분명한 한 가지 이유는 대한민국 사회가 가진 환경 요인이 아닌가 싶다. 좁은 국토 면적과 높은 인구 밀도는 어린 시절부터 우리를 치열한 경쟁 사회로 내몰아 학창 시절에는 새벽부터 새벽까지 공부하게 했고, 사회에 진출해서는 매일 밤늦게까지 일하게 했다. 언젠가 TV에서 한국인 남편과 결혼해 강원도 삼척 산골 마을에 사는 독일 여성 유디트 크빈테른의 느린 삶의 모습을 본 적이 있다. 철학을 전공했다는 그녀는 방송에서 다음과 같은 인상적인 말을 남겼다. "한국 사람들이 열심히 산다는 말을 이해할 수 없어요. 삶이란 그냥 살아지는 거 아닌가요?"

우리의 일상은 너무도 숨 막히게 짜여 있고 치열하다. 그래서 어쩌다 갖게 되는 연휴에 선택하는 일탈이 해외여행이다. 일상으로부터의 탈출, 이것은 영혼의 엑소더스 같은 것으로, 숨 쉴 틈 없이 바쁜 압축 성장의 시대를 살아온 대한민국 사람들에게 일탈의 리듬을 제공하는 순기능이다. 이마저 없다면 집단으로 미쳐버릴지도 모른다.

음식도 마찬가지다. "내가 음식 평론가가 된 이유는 아내가 음식을 너무 못 만들기 때문에 맛난 음식을 찾아다니다 보니 음식 평론가가 되었다. 하지만 결국 깨닫게 된 진실은 요리를 못하는 아내의 음식이 최고의 음식이었다." 한 음식 평론가의 회고담이다. 대부분의 레스토랑 음식은 자극적인 맛이다. 세계적으로 가장 자극적이고 화려한 음식을 꼽으라면 스페인의 분자요리로 유명한 셰프 페란 아드리아의 요리다. 그의 식당을 배경으로 한 음식 다큐멘터리 영화 〈엘불리: 요리는 진행 중〉에서 아드리아는 말한다.

"아방가르드 레스토랑에 식사하러 가는 건 창조적인 감정을 얻기 위한 거죠. 뭔가를 느끼고 '죽인다!'고 생각하기 위한 거예요. 맛이 좋으냐 나쁘냐는 상관없어요."

하지만 집밥은 결코 장식을 우선하거나 자극적이지 않다. 집밥은 가족들을 위한 엄마이자 아내의 정성과 좋은 식재료가 우선이 된다. 매일 집밥만을 고집할 수 없는 도시 생활자들은 외식하면서 자극적인 음식을 점점 더 많이 접하게 되지만, 그럴수록 집밥의 고마움을 깨닫는다. 그리고 푸드 포르노라 불리게 된 미디어에서 보여주는 음식들이 오직 맛과 보여주기만을 경쟁하는 음식임을 깨닫게 한다. 우리는 이런 프로그램들을 만드느라 고생하는 요리사, 출연자, 미디어 관계자들에게 고마워해야 한다. 그들이 전하는 메시지는 결국 집에서 먹는 일상 음식이 '최고'임을 깨닫게 하니까 말이다.

프랑스 미식의 성지

미식의 성지

어느새 다섯 번째를 맞은 미식 여행은 주변에 꽤 알려진 여행 프로그램이 되었다. 그만큼 신청자들이 많아져 여행 인원을 선정하는 데 고심했다. 그리고 2014년 여름, 21명이 남프랑스로 떠났다.

프랑스는 미식의 성지 같은 곳이다. 세계 어디를 가도 프렌치 식당은 고급스러운 이미지로 만나게 된다. 프랑스는 현대의 외식 문화를 이끌어가는 식당의 형식인 레스토랑 문화가 시작된 나라로,

레스토랑은 1700년대 파리 식당에서 팔던 체력을 회복시킨다는 뜻을 가진 '레스토레restaurer'라는 고깃 국물에서 유래된 단어다. 미식이라는 훌륭한 음식과 음식 문화를 포함하는 개념은 전 세계 어느 문화권에나 존재한다. 그런데 프랑스는 이 추상적이며 포괄적인 '미식Gastronomy'이라는 단어를 2010년 인류무형문화유산에 등재함으로써 마치 프랑스만의 것인 듯 자기네 것으로 만들었다. 프랑스가 인류무형문화유산으로 등재한 미식 문화Gastronomic Meal of the French에는 다음과 같은 내용이 있다.

"사람들은 일생에서 중요한 순간들을 축하하기 위한 사회적 관습으로 함께 모여 먹고 마시는 데 식사에서 맛의 즐거움, 인간과 자연 산물의 조화를 강조한다. 미식의 중요한 요소로 훌륭한 요리의 선택, 질 좋은 현지 식재료, 음식과 조화되는 와인, 식탁을 아름답게 꾸미기, 음식 먹는 예절을 포함한다. 프랑스의 미식은 정해진 코스를 존중해야 하는데 '아페리티브aperitif, 낮은 도수의 식전주'로 시작해서 '디제스티브digestive, 높은 도수 코냑이나 매우 단 리큐르 종류의 식후주'로 식사를 마치는데, 그 사이에 최소한 네 가지 코스 — 전채 요리, 야채를 곁들인 생선 및 육류, 치즈, 디저트 — 가 이어진다. 이러한 전통을 지키고 다음 세대에게 기록으로 남겨야 하며, 식사할 때는 가족과 친구들이 둥글게 앉아 함께 대화를 나누며 사회적 유대를 강화한다."

미식 성지로 불리는 만큼 파리에 도착한 첫날 저녁 식사를 어디에서 할 것인지는 상당히 고민스러웠다. "좋은 시작이면 이미

절반을 끝낸 것이다"라는 아리스토텔레스의 명언처럼, 여행 첫날 첫 번째로 가는 레스토랑의 분위기와 첫 번째로 먹는 식사의 인상은 앞으로 이어지는 미식 경험들을 긍정적으로 만드는 중요한 역할을 하기 때문이다.

값비싼 식당보다는 파리지앵이 즐겨 찾는 식당을 찾다가 우연히 일간지에 실린 기사를 보았다. 최근 파리에서 손꼽히는 트렌디한 식당 '피에르 상 인 오베르캄프Pierre Sang in Oberkampf'에 대한 기사였다. 어릴 적 프랑스에 입양된 한국계 셰프 피에르 상 보이에는 프랑스 음식에 한국의 맛을 더했는데, 그가 한국인 셰프 두 사람과 함께 운영하는 이곳이 파리의 '비스트로노미Bistronomie' 열풍을 주도하고 있다는 내용이었다. '비스트로노미'는 젊은 셰프들이 추구하는 최신 프랑스 미식 트렌드로, 좋은 음식을 격식 없이 합리적 가격으로 먹을 수 있는 가성비 좋은 식당인 '비스트로Bistro'와 미식을 뜻하는 '가스트로노미Gastronomy'를 합친 말이다. 기사를 보자마자 이곳이야말로 프랑스에서의 첫 번째 식사로 안성맞춤이라는 생각이 들었다.

프랑스 사람들은 '메이드 인 프랑스' 공산품을 비난해도 문제 삼지 않지만, 음식만큼은 참지 못한다. 그만큼 콧대 높은 프랑스의 자존심 영역인 파리 중심가에서 한국 출신 젊은이들이 한국 음식을 접목한 프렌치 식당을 운영하는 모습이 보기 좋았다. 외국에 있는 대부분의 한국 식당은 대중적인 한국 음식으로 영업을 한다.

하지만 이곳은 다르다. 한국적 색채가 담긴 프랑스 음식을 프랑스 사람들에게 판매한다.

이곳을 찾는 파리지앵들이 많아 근처에 2호점을 냈는데 우리가 방문했던 날 두 곳 모두 빈자리가 없을 만큼 손님들로 가득했다. 흰 접시 위에 빨간 고추장을 붓글씨처럼 한 획 그어놓고, 삼겹살 한 점을 정성껏 구워 올린 음식은 우리에겐 당황스러운 연출이지만, 현지인들에게는 매력적인 음식으로 비친다. 우리의 일상이 다른 이들에게는 새로움을 줄 수 있다는 깨달음을 전한다.

프랑스 음식의 경쟁력

파리에서 출발해서 남쪽으로 320km 정도 떨어진 브르고뉴 지방의 3대 화이트와인 생산지로 유명한 뫼르소를 방문했다. 브르고뉴 지방은 보르도와 함께 프랑스 와인을 대표하는 양대 지역이다. 과거 로마 황제는 프랑스 포도가 로마의 와인을 위협한다며 모두 없애라고 명령했을 정도로 프랑스의 기후와 토질은 포도를 생산하기에 최적의 조건이었다. 거기에 프랑스 사람들의 와인에 대한 사랑과 정열이 더해져 세계적 수준의 와인을 만들어냈다. 뫼르소는 정원을 그림처럼 아름답게 가꾸고 와인 테이스팅 공간은 화랑으로 꾸며놓은 품격 높은 와이너리였다. 와인 저장고 카브를 살펴보고 시음을 했다. 화려한 맛을 내는 것으로 유명한 브르고뉴 와인 특유의 풍미가 입안 가득 퍼졌다.

우리는 드넓게 펼쳐진 포도밭을 본 뒤 아직 입안에 남아 있는 와인의 향을 음미한 채 '디종 머스터드Dijon Mustard'라는 겨자 소스로 유명한 디종으로 이동했다. 중세와 르네상스 시대 건물들이 즐비한 디종은 프랑스에서도 매우 유서 깊은 도시다. 시내 중심가에 위치한 디종 시장은 프랑스를 대표하는 최고의 미식 식재료 시장으로, 신선한 채소, 과일, 치즈, 고기류 등 농축산물들과 빵, 케이크, 꿀, 소스와 지역 명품 와인들이 즐비하다. 철골 구조와 유리로 된 돔 형태가 인상적인 시장 건축물은 파리의 에펠탑을 설계한 구스타브 에펠이 설계했다. 디종이 고향인 에펠은 자신을 건축가로 키워준 고향에 대한 보답으로 사람들이 가장 많이 모이는 공공 건축물인 시장을 설계했다. 아쉽게도 우리나라에서는 유명 건축가가 재래시장을 설계했다는 얘기를 아직 들어본 적이 없다.

다음 날 리옹에서의 점심은 '프랑스 셰프들의 교황'으로 불리는 미쉐린 별 셋인 폴 보퀴즈Paul Bocuse 레스토랑에서 했다. 음식도 훌륭했지만, 시설과 서비스가 세심하고 철저해서 음식의 가치를 한층 높인다. 스승 페르낭 푸앙에게 전수받아 폴 보퀴즈가 발전시켰다는 크로아상 농어는 그야말로 놀라움 그 자체였다. 거대한 농어 한 마리를 통째로 넣고 구워낸 파이가 초대형 금빛 쟁반 위에 올려져 운반되어왔다. 웨이터는 파이를 우리가 보는 앞에서 능숙하게 잘라 접시에 담아냈다. 파이의 고소한 냄새와 뜨거운 김이 피어오르며, 산미가 강한 쇼롱 소스토마토 퓌레, 버터, 식용 달팽이, 달걀로 만든 소스의 향이 후각과 시각을 자극했다. 이렇게 강렬한 눈요기로 "이건 정말 맛있는 거야. 알겠어?"라고 압박하면 고객은 "정말 맛있겠어요"라며 복종하게 만드는 프로세스가 그들의 서비스 전략에 들어 있음이 틀림없다. 음식 산업에서 프랑스 음식의 최고 경쟁력은 레스토랑 문화이고, 맛과 더불어 섬세하고 아름다움을 보여주는 프리젠테이션이 프랑스 음식의 핵심이다. 물론 주방에서 음식을 만드는 과정 또한 이에 못지않게 까다롭다.

맛있는 프랑스 요리에 프랑스 와인을 빼놓을 순 없는 법, 와인 목록을 살펴보는데 맨 첫 장에 적힌 로마네콩티Romanée-Conti가 눈에 띄었다. 가격은 8,300유로, 당시 환율로 1,100만 원 정도였다. 와인 애호가인 투자회사 신 대표의 눈이 순간 번뜩였다. "오늘 사고 한번 쳐야 하나?" 와인 애호가나 마니아들 사이에서는 최고가 와인을 시음해보는 것이 일종의 로망과도 같다고 한다. 그래서 초고가 와인을 만나면 여럿이 함께 돈을 모아 와인을 한 잔씩 맛본 뒤 두고두고 무용담처럼 얘기한다고 한다. 무려 1,000만 원이 넘는 와인 맛이 어떨지 궁금하기는 했지만, 우리는 200유로 미만의 와인을 주문해 맛을 보는 정도로 끝냈다.

폴 보퀴즈에서의 점심은 훌륭했다. 하지만 촌스러움도 섞여 있었다. 물론 이것은 나의 주관적인 판단이다. 요리 수준과 맛, 집기들, 직원들의 서비스 모두 일류인 데다 훌륭했다. 그에 비해 촌스럽다고 느낀 것은 인테리어였다. 정확히 말하면 식당 외부에 걸어놓은 커다란 폴 보퀴즈의 사진부터 입구, 실내, 화장실, 심지어 식당 바닥에까지 폴 보퀴즈라는 이름을 도배해놓았다. 과하다 싶은 이 치장들이 훌륭한 음식의 품격을 떨어트리는 듯한 느낌이었다.

삶은 달걀이다

미식 여행의 좋은 점은 열흘 정도 각 분야의 전문가들과 함께 다니면서 평소에 접하기 어려운 다양한 얘기를 들을 수 있다는 것이다. 폴 보퀴즈에서 점심을 마치고 이동하는 버스 안에서 여행 직전에 『이별 서약: 떠날 때 울지 않는 사람들』이라는 책을 출간한 원로 언론인 최철주 작가의 얘기를 들었다. 방송사 대표와 신문사 편집국장을 거친 그는 사랑하는 딸과 아내가 암 투병을 하게 되자, 36년 동안 일해온 모든 것을 내려놓고 평범한 아버지와 남편의 삶을 선택했다. 책은 그 과정에서 깨달은 삶과 죽음에 대한 그의 성찰을 담고 있다.

사람들은 누구나 태어나서 죽는다는 지극히 평범한 진리를 잊은 채 살고 있지만, 결국은 언젠가 그 순간을 맞을 수밖에 없다. 필연적으로 죽음을 향해 점점 다가가는 우리의 삶에서 정작 죽음은 멀리하고픈 심각한 존재다. 최철주 작가는 죽음에 대한 준비를 전혀 가르치지 않는 우리 교육의 문제점을 지적하면서 '웰 다잉이란 곧 웰빙'이라고 강조했다. 한마디로 '멋지게 죽기 위한 삶은 멋지게 사는 것'이다. 최 작가의 얘기를 듣던 박 여사가 나지막이 말했다.

"아까 로마네콩티를 마셔야 했는데…."

그러자 종훈 스님이 얘기를 이어갔다. 선방에서 삶을 화두로 동안거冬安居 수행하며 정진하던 도반 스님이 3개월간의 결제結制 기간을 마치고 사찰로 가는 버스에 안에서 삶이란 무엇인가, 삶이란 과연 무엇인가, 삶이란 도대체 무엇인가를 내내 생각하던 중이었다. 차가 휴게소에 들르자 한 판매원이 버스에 올라와 "삶은 달걀이요!"를 외치는 순간 도반 스님은 깨달음을 얻었다.

"그래, 삶은 달걀이다!"

삶이 달걀인 이유는 달걀에서 생명이 시작되기 때문이다. 선가禪家에 "줄탁동시啐啄同時"라는 말이 있다. 어미 새가 알을 품어 부화할 때가 되면 새끼가 알 안에서 톡톡 쪼는데 이것을 '줄啐'이라 하고, 어미 새는 이 소리를 듣고 탁탁 쪼아 부화를 돕는데 이것을 '탁啄'이라 한다. 다시 말해 '줄'과 '탁'이 동시에 이뤄져야 새로운 생명이 탄생한다는 뜻이다.

삶의 시작점을 대중들에게 '줄탁동시'라는 어려운 말로 설명할 것인가 아니면 달걀이라고 할 것인가? 예전 같으면 얘깃거리가 될 수 없는 질문이다. 하지만 오늘날 종교, 철학, 미학은 더 이상 형이상학을 논하지 않는다. 종교도 대중의 눈높이로 내려와야 한다. 2014년 여름 프란치스코 교황이 한국에 와서 보여준 모습은 대중의 눈높이로 내려와 감동을 준 것이 아닌가. 철학과 미학도 마찬가지다. 현실의 영역, 정치와 경제의 영역으로 내려와 미술도 정치를 해야 하고, 철학도 경영을 해야 한다. 종교 또한 "삶은 달걀이다"와 같은 방식으로 현실과 소통하는 '관계항Relatum'을 만들어야 한다.

음식은 말이 필요 없다

여행 6일째, 마르세유에서 우리가 머물 숙소는 병원이었던 건물을 리노베이션한 항구가 내려다보이는 멋진 호텔이었다. 하지만 우리가 이 호텔에 투숙한 이유는 호텔 주방 수석 셰프의 쿠킹클래스 때문이었다. 주한 프랑스 관광청에서 주선해준 이 멋진 행사에서 그는 마르세유의 상징과도 같은 음식인 부야베스bouillabaisse, 해물탕과 유사한 마르세유 지역 고유의 생선 스튜 요리법을 알려주기로 했다. 프랑스 미식 여행에 참가한 일행 가운데는 한국 음식 명인도 있어 우리는 그 답례를 겸해 현지에서 한국식 해물탕을 요리하기로 했다. 호텔 주방에 해물탕에 필요한 식재료를 알려주었다. 그들에게는 평소 사용하지 않을뿐더러 생소한 식재료들이라 재료를 준비하는 게 어렵지 않을까 생각했는데, 여행 출발 전날 호텔의 수석 셰프가 메일을 보내왔다. 식재료를 모두 준비해놓을 테니 와서 요리 시연을 해달라는 내용이었다. 그 또한 한국 명인들의 음식을 접하고 싶어 하는 것을 느낄 수 있었다.

아침 일찍부터 프랑스 요리사들과 한국 명인들이 바쁘게 움직였다. 조리가 끝난 뒤 프랑스 사람들은 한국의 해물탕으로, 우리는 마르세유의 정통 부야베스로 함께 점심을 먹으며, 두 나라가 음식을 통해 교류하는 멋진 경험을 했다. 함께 음식을 조리하고 나눠 먹는 데는 언어가 필요치 않았다. 맛의 즐거움을 전하는 데는 표정이면 충분했다. 음식은 정말이지 말이 필요치 않다.

융합이 아니라 리듬이다

음악의 즐거움

대학에서 오랜 세월 디자인을 가르치다 정년퇴직을 앞둔 어느 교수와 식사 자리, 그의 단골 일식당에서 음식을 먹으며 20년이라는 나이 차가 나는 인생 선배의 젊은 시절 얘기를 들었다. 디자이너라는 단어조차 없던 시절 "도안사냐, 재단사냐?" 소리를 들어가며 경험했던 그의 일화들 가운데 한 가지가 기억에 남는다.

"도대체 음악, 특히 클래식 음악은 어찌 그리 생명력이 강한지.

모차르트, 베토벤을 비롯한 수많은 음악가가 남긴 클래식 곡들은 수백 년이 지난 지금도 계속해서 연주되고 사랑받고 있지. 놀라운 것은 지금의 젊은 세대들도 그때의 음악들을 좋아한다는 것이네. 그런데 같은 시대에 그려진 그림들은 몇몇 유명 작품을 빼고는 음악이 받는 사랑과 영향력에 비하면 그야말로 조족지혈鳥足之血이 아닌가."

그에 대한 의문은 풀리지 않은 채 기억 한편에 지금도 남아 있다. 여전히 정확한 답은 알지 못하지만, 어쩌면 음악이 주는 즐거움의 핵심인 '리듬' 때문이 아닐까 추측해본다. 물론 그림에도 리듬이 없다고 할 수는 없지만, 음악의 동적 리듬은 우리의 신체 리듬과 밀접하게 연결된다. 심장 박동, 호흡, 혈액의 순환, 걸음의 속도 등 우리의 몸에서 일어나는 모든 일은 리듬을 지닌다. 따라서 음악의 리듬은 언어, 그림 같은 소통 수단보다 훨씬 더 생명체와 친숙하다. 젖소에게 음악을 들려주면 더 많은 젖이 나오고, 식물에 음악을 들려주면 훨씬 잘 자란다는 실험 결과는 바로 리듬이 생명체와 밀접하게 연관되어 있음을 나타낸다. 이렇듯 음악의 리듬은 우리를 자연스레 춤추게 한다.

삶도 리듬이다

사람이 태어나서 사는 것도 모두가 리듬이다. 아침에 일어나서 활동하고 밤이 되면 잠들어 휴식을 취하는 것은 사람의 신체 리듬이고, 해가 뜨고 달이 지는 것은 하늘의 리듬이다. 봄, 여름, 가을, 겨울, 계절이 바뀌는 것 역시 자연의 리듬이다. 학창 시절 "사계절 중 어느 때가 가장 좋은가?"라는 질문을 받으면 바닷가에서의 캠핑과 여름 방학 때문에 "여름이 좋다"고 했던 것 같고, 성인이 되어 열심히 스키장에 다닐 때는 "겨울이 좋다"고 답했다. 나이가 들어 중년에 이르러서는 봄에는 만물이 소생하며 새싹이 피어나서 좋고, 여름은 뜨거운 햇살과 푸르른 녹음의 매력, 가을에는 짙게 물드는 단풍과 떨어지는 낙엽에, 겨울의 설경과 맑은 날의 쨍한 찬바람의 매력도 만만치 않다는 것은 알게 되었다.

사계절은 저마다 색다른 리듬으로 무한한 매력을 발산하기에 사계절의 우열을 얘기한다는 것은 지극히 어려운 일임을 깨닫게 되었다. 지구상에는 사계절 변화의 리듬 없이 한두 계절만 있는 나라들도 있으니, 사계절의 리듬을 몸소 체험하는 우리는 얼마나 행복한가.

맛의 리듬

우리가 느끼는 음식 맛의 핵심 요소 또한 리듬이다. 『맛의 원리』의 저자 최낙언은 "사람들이 하루에 먹는 음식들을 모두 모아 믹서에 넣고 갈아 마시게 되면, 식재료 본래의 맛의 요소, 영양분을 모두 간직한 채 소화도 잘되는 액상 음식이므로 우리 몸에도 훨씬 더 좋을 것"이라고 한다. 하지만 아무도 그런 음료를 만들어 음식 대신 마시려고는 하지 않는다. 음악에 비유하면, 노래 한 곡에 담겨 있는 모든 음의 평균값이 '미'라고 할 때 피아노 건반을 처음부터 끝까지 '미'음을 무한 반복하는 것과 같다. 누구도 이런 음악을 듣고 싶어 하지는 않는다. 음악의 즐거움은 변화하는 리듬을 통해 가능하기 때문이다. 맛의 즐거움 또한 마찬가지다. 변화하는 맛의 리듬이 있어야 음식을 먹는 즐거움을 느낄 수 있고, 리듬을 잘 설계하면 맛의 즐거움을 극대화할 수 있다.

융합의 비빔밥과 리듬의 한 상 차림

비빔밥은 그 유래가 어떻든 미리 조리한 여러 식재료를 재빨리 조합해 먹을 수 있어 한 끼 식사로 손쉽게 먹을 수 있는 음식이자 영양도 나무랄 데 없는 가성비가 뛰어난 국민 음식이다.

비빔밥의 맛은 완성된 식재료들의 조합에 따라, 즉 융합을 통해 다양한 맛이 창조되는 음식이다. 만일 열두 가지 재료가 준비되어 있다면 이론적으로 $\sum_{r=1}^{12} C_r^{12} = 4,095$가지의 비빔밥을 만들 수 있다. 하지만 막상 입안에서 느끼는 비빔밥의 맛은 똑같다. 시간 전개형으로 나오는 서양 음식 또한 마찬가지다. 샐러드, 수프, 메인, 디저트로 구분되기는 하지만 코스마다 같은 맛의 음식을 반복적으로 먹을 수밖에 없다. 이때의 리듬은 요리사가 정해준 음식의 리듬을 경험하는 수동적인 맛이다.

반면 밥과 국, 주요리와 반찬들을 한꺼번에 차려놓고

한 상 차림으로 먹는 한국인의 공간 전개형 식사를 변화가 없는 식사법이라고들 하지만, 실제 음식을 먹는 과정에서 각자의 경험은 훨씬 다양하다. 식사할 때 순갈마다 음식과 반찬들을 새롭게 조합해가며 먹는 것이 우리의 식사법이다. 더욱이 먹고 싶지 않은 반찬, 먹지 못하는 반찬은 안 먹어도 표가 나지 않는다. 다시 말해 우리는 음식을 함께 먹으며 각자의 개성으로 리듬을 만들어가는 훌륭한 식사법을 가지고 있는 셈이다.

전 세계적으로 식탁 위에 반찬을 차려놓고 식사하는 문화는 대한민국이 거의 유일하다. 우리는 리듬의 민족이다. 우리가 변화에 쉽게 적응하고 선택하며, 빠르게 일 처리하는 리듬의 문화는 어릴 적 밥상머리에서부터 훈련을 받은 셈이다. 냉면에서 한 상 차림 문화까지 모두 우리가 만들어낸 음식이며 리듬이다. "우리가 음식을 만들고, 그 음식이 우리를 만든다"는 말은 언제나 옳다.

INTERCONTINENTAL

광대 시대、 광대는 누구인가

대학로에 있던 사무실을 성북동으로 옮긴 뒤 그 동네에서 10년 넘게 생활했다. 사무실을 옮긴 이유는 대학로가 번잡해진 탓이었다. 1974년 말 서울대학교가 관악캠퍼스로 이전한 뒤 혜화동 로터리부터 동숭동 사거리까지는 불과 몇몇 찻집과 음식점뿐이었다. 1985년 대학로 문화거리가 지정되면서 문화예술 단체들이 들어섰고, 주말에 '차 없는 거리'가 만들어지면서 이곳에 소극장들이 만들어졌다. 젊은이들이 모여들자 다양한 음식점과 카페들이 생겨났고, 어느덧

대학로는 많은 사람이 다녀가는 거리가 되었다.

나는 젠트리피케이션이라는 말을 싫어한다. 지주계급 또는 신사계급을 뜻하는 '젠트리Gentry'에서 파생된 젠트리피케이션Gentrification은 낙후된 구도심에 예술가나 지역의 매력을 높일 수 있는 다양한 직종의 사람들이 모여들어 지역을 활성화한다는 의미를 가진다. 하지만 중산층 이상 계층이 이주해오면서 낙후된 지역을 개선한다는 젠트리피케이션 현상이 마치 부동산 개발을 정당화하는 것 같아서다.

부동산과 임대료가 치솟고 원래 그곳에 거주했던 주민이 쫓겨나는 현상을 상업적 젠트리피케이션이라고 한다. 어떤 지역이 개발이라는 명목으로 변화하면 우선 그 지역에 상주하는 사람들은 밥 먹기가 힘들어진다. 고객층이 그곳에 상주하는 사람들보다는 한 번씩 찾아오는 사람들로 이동되면서 값싸고 편하게 먹을 수 있는 오래된 밥집들이 사라지고, 겉모습은 화려하지만 매일 먹기 힘든 음식점들로 바뀌기 때문이다. 교육과 연극이 중심이었던 대학로 문화는 시간이 흐르면서 어느덧 음식점과 카페라는 먹고 마시는 음식 문화로 뒤덮이고 말았다.

1994년 처음 성북동에 옮겨왔을 무렵만 해도 주변에는 음식점이 없었고, 저녁에는 여직원들이 혼자 퇴근하기 무서울 정도로 거리는 어두웠다. 당시 성북동의 알려진 명소라고는 아무도 찾는 이 없는 만해 한용운 선생의 생가와 간송미술관 정도였다. 한산했던 성북동 거리를 바꾸는 일등 공신은 간송미술관이었다.

일제 치하에서 간송 선생의 미술품 컬렉션은 문화 독립 운동이었고, 그 숭고한 뜻은 전성우, 전영우 후손들과 성북동 간송미술관에서 평생을 보내며 소장품들을 지키고 연구하며 전시를 이끌어온 최완수 선생을 통해 면면히 이어진다. 간송미술관은 1971년부터 봄과 가을 두 차례에 걸쳐 〈간송문화澗松文華〉라는 이름으로 2주간의 무료 전시를 열었다. 간송미술관은 20여 점이 넘는 국보급 문화재와 보물을 소장하고 있어 단순히 전시를 보는 개념보다는 미술사 연구의 산실 역할을 했던 만큼, 이 무료 전시는 미술인들은 물론 역사연구자들에게 매우 소중한 기회였다.
이 전시회가 차츰 외부에 알려지고 2000년대에 들어서는 소위 강남의 부유층 여성들 사이에 "간송 전시 가봤어?"라는 말이 유행처럼 번지면서 지식인들에게 간송 전시는 필수 교양이 되었다. 전시를 보기 위해 아침부터 수백 미터씩 긴 줄이 이어졌고, 서너 시간을 기다려야 입장할 수 있는 인기 전시가 되었다. 그리고 성북동 일대에는 이들을 노린 음식점들이 하나둘 생겨나기 시작했다.

최완수 선생과 제자들로 구성된 '간송학파'는 소장품 연구를 진행하며 우리 문화의 자긍심을 '진경산수眞景山水'에서 되살려냈다. 그들은 조선왕조 500년을 이끌던 주도 이념과 문화의 관계를 면밀히 검토했는데, 특히 18세기 진경 문화의 독자성과 우수성을 집중 조명했다. 이를 통해 허황된 이념과 정파적 당쟁 때문에 망했다는 일제의 식민사관을 극복하고자 했다. 운 좋게도 도심과 가깝고 한적했던 성북동에 사무실이 있어 최완수 선생과 제자들을 종종 만나며 연구 업적과 생각들을 접할 수 있었음은 문화적 축복이었다.

최완수 선생은 '진경산수'의 이념을 쉽게 설명하기 위해 한 나라의 정체성을 나무에 빗댔다. 이를테면, 나무의 뿌리는 한 나라의 이념이며, 줄기는 정치, 경제이고, 꽃은 문화 예술이다. 어떤 국가라도 이념이라는 뿌리가 있어야 이념을 기반으로 줄기에 해당하는 나라의 정치 경제 제도가 확립되고, 이는 문화 예술이라는 꽃으로 피어난다는 것이다. 조선을 예로 들면, 중국에서 들여온 성리학이라는 국가 경영 이념은 뿌리다. 조선 전기 사대부들의 그림을 보면 중국의 산과 들, 물소, 인물들을 그대로 베껴 그렸다. 뿌리인 이념이 중국에서 들여온 것이니 어쩔 수 없는 일이었다. 중국의 성리학을 소화해 우리 이념으로 바꾸는 데는 약 200년의 세월이 필요했고, 퇴계 이황과 율곡 이이에 이르러 조선 성리학이 완성되었다. 뿌리가 바뀌자 꽃이 바뀌었다. 더 이상 중국의 산천과 인물이 아니라 조선의 산수와 인물들이 그려지기 시작했다. 이것이 진경산수이고 풍속화다.

영·정조 시대는 겸재 정선, 단원 김홍도 등이 활동하며 진경산수와 풍속화를 최고의 수준으로 끌고 갔다. 성찰과 자긍을 바탕으로 고유성을 추구하는 분위기는 그림뿐 아니라 문화와 예술 전반에 걸쳐 나타났다. 그래서 이 시기를 '진경 시대'라고 부르기도 한다. '진경 문화'와 '진경 시대'의 발견은 성북동에서 50년 넘도록 연구와 저술에 몰두한 가헌 최완수 선생의 업적이다.

음식 잡지 발행인으로서 최완수 선생이 언급한 한 나라의 정체성에 숟가락을 얹으면, 음식은 열매라고 주장하고 싶다. 즉 문화라는 꽃에서 음식이라는 열매가 맺어진다고 믿는다. 영·정조 시대가 조선 후기 문화의 절정기였다면 음식 문화 또한 가장 훌륭했던 시대였을 것이다.

최완수 선생은 금융기관 임직원 특강에서 다음과 같이 말했다. "현시대를 주도하는 이념이 '돈신의 시대'이기에 돈을 다루는 당신들이 모든 것을 좌우하고 있는 듯 보이지만, 이념은 바뀔 것이고, 그리되면 당신들의 역할도 바뀌게 될 것이다." 선생의 말처럼 시대를 주도하는 역할은 바뀐다. 예전에는 미국의 정치인이나 국방부장관이 방한하면 언론에서 크게 다뤄졌지만, 요즘은 한 줄 뉴스나 단신으로 다룬다. 오히려 빌 게이츠나 손정의 같은 경제인의 방한이 더 비중 있는 기사가 되었고, 지금은 할리우드의 유명 연예인들의 내한 기사가 전면을 떡 차지한다. 최완수 선생은 이를 두고 "지금은 광대의 시대지!"라고 말한다. 그렇다. 지금은 '연예인의 시대'다.

그렇다면 오늘날 연예계에서 가장 새롭게 등장하는 직종은 무엇일까? 최근 몇 년간 TV를 중심으로 미디어 매체에서 가장 많이 볼 수 있는 연예인은 단연코 요리사가 아닐까 싶다. 아이돌, 개그맨, 배우 등 거의 모든 연예인이 맛집을 탐방하고 식재료를 찾아다니며, 때로는 직접 요리를 하거나 음식을 평한다. TV 음식 프로그램에 출연해 전문적으로 평하는 모습에서는 그들의 직업이 의심스럽기까지 하다.

음식 문화의 붐이 한국보다 한발 앞선 나라에서 요리사들의 역할은 음식과 연예의 영역에 한정되지 않는다. 2011년 페루의 리마에 모인 세계적 요리사들의 '내일의 셰프들에게 보내는 공개 서한Lima Declaration: Open letter to the chefs of tomorrow'에 따르면 그들은 요리를 통해 첫째, 지구의 생물 다양성을 지키며, 둘째, 생태계가 지속 가능하도록 돕고, 셋째, 문화의 계승자로 지역과 나라의 정체성을 고양하며, 넷째, 요리사라는 직업을 통해 지역 사회를 발전시키고 부를 창출하도록 돕는다. 다섯째, 사람들을 행복하게 하고 건강에 좋은 음식과 요리를 지속적으로 알리며, 여섯째, 직업으로부터 얻는 새로운 지식을 사회적으로 나눠야 할 책무를 지닌다. 마지막으로 요리는 자기실현의 아름다운 완성체로서 우리가 추구하는 꿈을 실현하는 수단이어야 한다.

이쯤 되면 지도자가 되겠다고 선거에 출마하는 정치인들이 내거는 공약보다 거창하다. 지도자는 희망을 파는 장사꾼이라는 말처럼 요리사들의 선언에 담은 그들의 생각은 나라를 구하고 지구를 구하고 미래를 구원하겠다는 성직자의 역할까지도 넘보고 있다. 그들이야말로 이 시대의 진정한 지도자임이 틀림없다.
과연 그러한가?

맛의 대장정

2015년 겨울, 북아프리카 모로코에서 시작해 지브롤터 해협을 건너 스페인, 포르투갈을 거쳐 다시 스페인의 빌바오, 산세바스티안으로 여행을 다녀왔다. 비행기와 배, 버스 등 모든 교통수단을 번갈아 타며 다녀온 이동 거리만 해도 약 2,500km에 이르는 대장정이다. 돌이켜보면 10박 11일로는 무리한 일정이었다.

추억으로 여행하는 도시 카사블랑카

한국을 떠나 입국한 첫 도시는 모로코 최대의 도시 카사블랑카다. 카사블랑카 하면 도시 이름보다 험프리 보가트와 잉그리드 버그만 주연의 〈카사블랑카〉가 먼저 떠오른다. 1942년에 개봉한 이 영화는 많은 비평가가 역사상 최고 영화로 꼽을 정도로 불후의 명작이 되었고, 흑백 영화의 감성이 가장 멋지게 표현된 영화로 회자된다.

영화의 주요 무대는 극 중 주인공 릭험프리 보가트 분의 이름을 딴 릭스카페Rick's Café다. 인터넷에서 릭스 카페를 검색하면 같은 이름의 카페가 세계 여러 곳에 있다. 하지만 영화의 배경인 모로코 카사블랑카의 릭스 카페가 원조라고 할 수 있다. 릭스 카페는 모로코에 주재하던 미국 외교관이 만든 레스토랑인데, 영화에서처럼 피아노 연주도 한다. 음식의 맛보다는 영화를 통해 탄생한 장소와 이름이 가진 역사적, 문화적 가치를 지닌 식당으로, 모로코를 여행하는 많은 관광객이 이곳을 찾아 영화를 보았던 젊은 시절을 추억한다. 이곳은 영화와 음식으로 만들어진 성전이며, 영화의 주제가 〈As time goes by〉는 성전의 기도문이 된다.

세상에서 가장 큰 공연장 제마엘프나

모로코 제2의 도시 마라케시에는 아프리카 최대 규모의 시장이 있는 제마엘프나 광장이 있다. 중세 도시에는 반드시 광장이 있었다. 2008년 시베리아 횡단 여행을 하면서 고故 이윤기 선생과 모스크바의 크렘린 궁전 앞 붉은 광장의 노천카페에서 함께 차를 마셨던 적이 있다. 제마엘프나 광장에 서니 그때 이윤기 선생이 했던 말이 떠올랐다. "광장은 독재 군주들이 쇼를 보여주던 곳이야. 민중들을 위협하던 장소지."

이 광장도 중세 이래 오랫동안 사형 집행을 하던 곳으로, 그 뜻도 '죽은 자들의 장소'다. 그러나 지금은 상가들로 둘러싸인 넓은 광장에서 아침부터 저녁까지 수많은 즉흥 공연들이 행해진다. 버스킹은 물론 서커스와 곡예를 보여주는 사람들, 점쟁이, 헤나 문신을 그려주는 사람, 코브라를 춤추게 하는 오보에 연주자들 등 그들은 빈 곳만 있으면 악기를 연주하고 춤을 추며 사람들을 끌어모은다. 해가 지면 수백 개의 노점상이 영업을 시작하는데, 양고기, 닭고기, 생선, 가축들의 머리, 뇌, 내장, 꼬리 등 온갖 고기를 굽는 바비큐 연기가 광장 곳곳에 피어오른다. 요리사들은 저마다 "내가 세계 최고의 요리사!" "내가 제이미 올리버의 요리 선생이었다!"를 영어로 외치며 관광객들을 호객한다.

과거 사형 집행장이었던 이곳은 이제 수많은 상인, 공연자, 요리사, 관광객, 그리고 현지인들의 문화 공간이 되었다. 약속된 만남이 아니라 우연히 마주쳐 서로를 보여주고 구경하고 참여하고 먹고 마시고 흥정하며 역동적으로 변화하면서 광장 전체는 매일 같이 각본 없는 새로운 쇼를 연출한다. 유네스코는 2001년 제마엘프나 광장을 세계문화유산의 마스터피스로 지정했다.

페스의 메디나

여행 셋째 날, 아침 일찍 마라케시에서 출발해 저녁 무렵 800km 떨어진 페스에 도착했다. 호텔 체크인을 한 뒤 곧바로 페스의 메디나구시가지에 있는 루인드 가든Ruined Garden으로 향했다. 이곳은 1,200년 전에 세워진 허물어진 성벽을 수리해서 만든 식당으로 역사의 향기를 고스란히 담고 있는 매력적인 공간이었다. 우리는 사전에 예약한 6시간 동안 바비큐한 양고기와 타진으로 저녁 식사를 했다. 음식학자 정혜경 교수는 "모로코 전통 음식을 요리해준 나이 듬직한 여성의 푸근한 웃음에서 최고의 맛이 느껴졌다"며 10박 11일 일정의 여행 중 최고의 미식 경험으로 이 식당을 꼽았다. 오랜 세월 요리를 해온 어머니의 경륜과 정성이 깃든 손맛을 참작한 평으로 생각된다.

페스는 AD 789년 북아프리카 베르베르 유목민이 세운 이드리스 왕조의 수도로 정해진 이후, 1912년 라바트로 행정 수도가 이전될 때까지 천 년이 넘도록 이 지역 이슬람 왕조들의 수도였다. 이곳에는 AD 859년 세계 최초의 대학이 설립되었고1088년에 설립된 서구에서 가장 오래된 이탈리아 볼로냐 대학보다 200년 이상 앞선다, 처음 도시가 세워진 당시 기능과 특징들이 거의 그대로 남아 있다. 이드리스 1세는 수도를 만들 때 그들이 믿는 종교 이슬람 교리에 부합하는 '만인이 평등한 도시'를 꿈꾸었다고 한다. 알라를 믿는 모든 이는 평등하며 계급이나 특별함이 없어야 한다는 생각으로 지어진 집들은 외관상 부유함의 정도를 알 수 없도록 똑같은 창문과 출입문, 장식 없는 벽으로 되어 있는 것이 특징이다.

건축가 승효상은 『오래된 것들은 다 아름답다』에서 스스로 풍경이 되는 도시 페스를 가리켜 "인구 100만이 넘는 도시의 구시가지는 걷거나 손수레가 간신히 통행할 정도 폭의 비포장길로 거미줄 같은 미로로 연결되어 있다. 이곳에는 중앙광장, 중앙공원이 없으며 열 채 남짓한 집들이 빵집이나 우물 같은 최소한의 공공시설을 중심으로 하나의 작은 단위를 이루며, 이 단위가 조금씩 다른 형태와 크기로 반복되면서 전체 도시를 조직한다. 부분이 전체와 맞먹는 가치를 가지고, 모든 부분이 중심인 다원적 민주주의 도시 (중략) 이곳을 처음 찾아가면 안내자 없이는 길을 잃게 마련이다. 길을 잃는 게 좋다. 위협하는 차량도 없고 미로 속을 헤매도 풍경은 이미 낯익다. 오히려 하루를 버리고 느긋이 걷노라면 이방인도 어느새 거리 풍경의 일부가 되고 그로써 평화롭다"라고 표현하며, 절치부심한 심신을 달래러 페스에 가고 싶다고 절규했다.

세비야의 플라멩코와 리스본의 파두

스페인 남부 안달루시아 지방의 주도州都 세비야는 '정열의 나라 스페인의 심장'으로 불린다. 이곳은 플라멩코의 도시로, 오리지널에 가까운 플라멩코 공연을 볼 수 있다. 이 지역의 전통 민요와 향토 무용, 그리고 기타 연주가 하나 되어 사람들의 감성과 기백이 힘차게 표현된 민족 예술이 바로 플라멩코다.

플라멩코의 기원은 명확지 않으나, 비잔틴 성가, 북아프리카, 이슬람 등 여러 부류의 민속 음악이 혼재된 안달루시아 지역의 음악을 18세기 후반 집시들이 율동감 있는 춤과 함께 공연하면서 발전된 것으로 추측한다. 플라멩코 음악의 핵심 요소는 사회에서 소외된 계층이 자신들의 고뇌를 담아야 한다는 생각으로 부르는 '칸테 혼도Cante Jondo'인데, 이는 '심연의 노래'라는 뜻을 담고 있다. 노래와 춤과 빠른 기타 연주가 어우러진 라이브 공연은 정열적이고 원초적인 격정을 불러일으키는데, 공연을 보면서 함께 장단을 맞추어 소리 지르는 관중도 플라멩코를 구성하는 중요 요소다. 플라멩코의 클라이맥스에서는 환희와 슬픔을 동시에 불러일으키는 '두엔데절정적 도취'를 경험한다.

한편 파두는 스페인의 이웃 국가 포르투갈의 대표적 민속 음악으로, 항구 도시 리스본에서 태어났다. 포르투갈어 '파두fado'는 숙명을 뜻하며, 노래하는 가수는 '파디스타fadista'로 불린다. 파두는 무어인들의 지배를 받았던 포르투갈의 역사 속에서 태어났다. 파두에서 나타나는 비장함과 꺾는 창법은 아랍 영향의 흔적이다. 지리적으로 대서양과 접해 있고, 처음으로 대항해 시대를 개척한 나라답게 바다와 함께 살아온 포르투갈 사람들은 오랜 항해로

인한 조국에 대한 그리움, 사랑하는 사람과의 이별, 돌아오지 못한 뱃사람들의 사연들을 파두의 슬픈 가락과 가사로 남겼다. 현대사로 이어지는 1932~1968년까지 36년 동안 지속된 독재 통치 속에서 정치적 경제적 고통을 겪은 포르투갈 사람들이 그들의 슬픔을 노래에 새기면서 파두는 한층 더 애조를 띠게 되었다.

파두는 검은 옷을 입은 솔로 가수가 한과 그리움을 노래하고, 거기에 포르투갈 전통 기타와 클래식 기타 연주가 곁들어진다. '파두의 여왕'으로 알려진 포르투갈의 여가수 아말리아 로드리게스에 의해 세계적으로 널리 알려졌고, 그녀는 2011년 11월 유네스코 무형문화유산으로 선정되었다.

빌바오에서의 핀초스 투어

론리플래닛에서 발행한 『World's Best Street Food세계 최고의 길거리 음식』에 한국의 호떡은 다음과 같이 소개되어 있다. "호떡은 단지 길거리 음식이 아니다. 이 단순하고 달콤하고 저렴한 국민 간식에는 한국이 지난 세월 동안 겪었던 배고픔, 산업화, 독재 등 50년 기억이 집약된 상징적 음식이다."

음식이 삶의 중심인 나라 스페인은 그 이름에 걸맞게 1인당 식비 지출이 유럽에서 가장 높다. 그들은 식사를 중심으로 하루를 계획하고 몇 시간씩 식사를 즐기며 음식에 대해 끝없이 얘기를 나눈다. 그런 그들에게 스페인을 대표하는 한 가지 음식을 꼽으라고 한다면 아마도 가장 단순하면서 다양한 음식 '타파스tapas'일 것이다. 작은 빵 조각 위에 여러 가지 식재료를 올린 타파스는 간식을 비롯해 전채, 식사, 안주 등 모든 것이 가능하다. 가장 단순한 한국의 길거리 음식 호떡처럼 어쩌면 타파스에는 그들의 영혼이 담겨 있음이 틀림없다.

스페인 어디에서나 타파스를 먹을 수 있는데, 스페인 북부 바스크 지방에서는 타파스를 핀초스pintxos라고 부른다. 빌바오에 도착한 우리는 빌바오 구겐하임 미술관 관람 후 각자 자유롭게 저녁 식사를 하기로 했다. 나는 마침 미술관 출구에서 만난 일행 몇 사람과 함께 론리플래닛 가이드에서 추천하는 핀초스 바 투어를 하기로 했다. 첫 번째 핀초스 바에 들러 자리를 잡고 앉은 뒤 1인당 핀초 한 개와 와인 한 잔을 주문해서 먹고 마신 뒤 두 번째 핀초스 바로 이동했다. 이곳에서 다시 1인당 핀초 한 개와 와인 한 잔을 주문했다. 세 번째, 네 번째로 옮겨가면서 알게 된 사실은 스페인 사람들은 핀초스 바에 빈자리가 있어도 거의 앉지 않는다. 선 채로 핀초와 와인을 주문해서 먹고 마시며 잠시 수다를 떨다 다른 가게로 옮겨서 다시 먹고 마시며 수다를 떤다. 이른바 'eat, drink, talk'다.

네 번째로 들른 하몽 핀초스 바에서는 가장 비싼 하몽을 주문했다. 비싼 만큼 입안에서 스르르 녹는 맛있는 하몽을 맛볼 수 있었다. 핀초스 바 네 곳을 들르는 사이 어느새 밤 10시를 넘었고, 이곳을 마지막으로 호텔로 돌아가려는데 일행 중 한 분이 다른 곳을 더 둘러보자고 했다. 우리는 택시를 타고 구시가지에서 약간 떨어진 곳에 있는 유명하다는 핀초스 바로 갔다. 그곳에 도착하니 밤 11시경, 늦은 시각이었던 만큼 가게에는 현지인 한 팀이 술을 마시며 수다를 떨고 있었다. 와인 두 병과 핀초를 주문해 먹고 마시고 떠들다가 자정이 다 되어 바를 나서는데 현지인들도 따라나섰다. 그들에게 호텔 가는 길을 물어보니, 그들 중 한 사람이 멀지 않다며 도보로 10여 분 거리라고 알려줬다. 그러더니 갑자기 싸우기라도 하듯 그들의 언쟁이 시작되었다. 그 내용은 다름 아닌 "걸어가도 된다"와 "외국인들이라 밤길이 위험할 수 있으니 택시를 타야 한다"는 것이었다. 신기하게도 그들은 스페인 북부 바스크 지역의 언어로 자기네들끼리 빠르게 얘기하는 데도 어떤 내용인지 알아들을 수 있었다. 커뮤니케이션이란 게 꼭 언어만으로 이루어지는 건 아닌 것 같다. 결국 택시를 타야 한다는 쪽이 승리했고, 그들은 택시까지 불러줬다. 그리고 우리 일행이 택시를 타고 출발할 때까지 배웅해주었다. 무척이나 즐거웠던 핀초스 바 투어는 현지인들의 소란스럽고도 따뜻한 배려로 아름답게 마무리되었다.

세계 미식의 수도

스페인은 국토 전체에서 다양하고 좋은 식재료가 풍부하게 생산되는 나라다. 지역에서 생산되는 신선한 식재료를 기반으로 최고의 음식들을 만든다. 스페인 요리의 특징은 좋은 식재료를 존중하는 단순한 조리법이다. 지방마다 자기들 요리가 최고라는 자부심이 강한데, 특히 북부의 바스크 지역 사람들은 독자적인 언어바스크어와 요리에 대한 자부심으로 똘똘 뭉쳐 기회만 있으면 독립을 추구한다. 그중에서도 산세바스티안은 '세계 미식의 수도'로 불리며 음식 관련 종사자들이라면 누구나 가보고 싶어 하는 미식의 성지다. 한 집 건너 미쉐린 가이드에 소개된 식당들이 있고, 미쉐린 가이드에 실린 집보다 그 옆집이 손님이 더 많을 만큼 솜씨 좋은 셰프와 레스토랑이 즐비하다.

미국의 유명 셰프이자 음식 칼럼리스트 겸 방송인 앤서니 보댕은 자신이 진행하는 음식 프로그램에서 트럼프 스타일의 직설 화법으로 인기가 있었고, 그의 거침없이 솔직한 글은 여러 권의 베스트셀러를 만들었다. 그가 세계 각지를 다니며 지역 음식을 맛보고, 음식 문화를 경험하는 동영상은 『쿡스 투어』라는 책으로도 출간되었다. 이 책에 소개된 보댕의 산세바스티안 방문기에 따르면, 핀초스 바 투어를 하면서 필름이 끊긴 적이 있었는데, 결론은 '스페인 음식이야말로 세계 최고의 미식'이라는 것이다.

관료와 지역 음식의 재발견

올리브 미식회 시작

2015년 4월 미식 잡지 〈올리브, OLIVE〉 창간 직후, 창간호에 대한 의견을 구하기 위해 음식 전문가 한복진 교수를 만났다. 그와는 여러 차례 미식 여행을 함께 다녔다. 평소에는 무릎이 아파 오래 걷지 못하는 그는 일단 미식 여행을 떠나면 180도 바뀐다. 각 나라의 음식을 가는 곳마다 빠짐없이 맛보며 부지런히 자료를 모으고 기록한다. 호텔 조식이 6시 30분부터라면 호텔 투숙객 중 가장 먼저 식당에 내려가 음식들의 사진을 찍고, 대부분의 음식을 가져다 한 상 차려놓고 음식 맛을 본다. 가르치기 위해 아침부터 그 많은 종류의 음식을 소화해내는 그의 의무적인 식탐이 존경스럽다.

창간호에 '셰프의 하루'라는 주제로 특집 취재한 곳은 강민구 셰프의 '밍글스 레스토랑'이다. 14쪽에 걸쳐 셰프의 음식에 대한 생각, 준비 과정, 대표 음식들을 사진으로 보여준다. 기사를 본 한복진 교수는 "레스토랑과 셰프, 만드는 음식을 잡지에서 아무리 멋지게 보여줘도 음식은 실제 먹어보지 못하면 그림의 떡이 아닌가?"라며, 소개된 레스토랑에서 미식회를 갖자는 제안을 했다. 그렇게 '삼목 미식회'가 시작되었다. 매달 세 번째 목요일 저녁, 특집 취재한 레스토랑에 10명 정도를 초청해 미식회를 가졌다. 미식회를 시작한 지 2년이 지난 2016년 말 그동안 미식회를 가졌던 레스토랑의 상당수가 미쉐린 가이드에서 별점을 받았고, 이제는 예약하기도 힘든 레스토랑이 되었다.

2016년 11월 신사동 이종서 셰프의 '올댓미트'에서 가진 미식회에는 법조인 김 부장판사가 참석했다. 청와대 100m 앞까지 촛불 집회 행진을 최초로 허가한 그는 SNS에서 용기 있는 법조인으로 칭송받았고, 2016년 미식클럽 특별 공로상 수상자로 선정되기도 했다. 그날 미식회에 참가한 누군가가 어떻게 그런 어려운 결정을 내릴 수 있었는지 질문하자, 그의 답변은 의외로 짧았다. "국민을 범법자로 만들 수는 없었다." 그의 이 한마디에는 민주주의 국가란 무엇인지, 사법부의 역할이 무엇인지가 잘 담겨 있었다.

분업화, 전문화의 맹점

김 부장판사의 말에 부당한 상사의 지시를 그 자리에서 부당하다고 말할 수 있는 사람들이 과연 몇이나 있을지 생각해봤다. 내 경우만 봐도 직원들과 출판 회의를 할 때 나의 의견에 반대하는 것을 보기 힘들다. 하물며 대기업에서 일하는 현대의 도시 생활자들, 또는 정부의 관료들이 대기업 총수나 최고 통치권자의 지시에 대놓고 반대하거나 어길 수 있을까.

오늘날 많은 사람이 육체노동과 단절된 삶을 살고 있다. 사람들 대부분이 컴퓨터 모니터를 들여다보며 일하고, 여가 시간의 상당 부분을 스마트폰과 함께한다. 만약 그들이 지금 하는 일에서 손을 놓는 순간 자신의 생존을 위해 할 수 있는 일은 아무것도 없을 것이다. 그런 까닭에 일과 직장을 견뎌야 하고, 분업화된 사회의 부품으로서 주어진 일과 시키는 일에 복종할 수밖에 없지 않을까. 지식 정보 사회가 창의적인 생각을 통해 모든 것을 꿈꾸는 대로 이뤄낼 수 있다고 하지만, 냉정하게 보면 개인이 홀로 해낼 수 있는 일은 아무것도 없다.

현대인들은 삶의 필수적인 것들로부터 너무 멀리 와버렸다. 분업을 통한 직업의 전문화가 각 분야의 전문성을 키운다고 하지만,

자기 분야 외의 문제에 대한 책임감을 약화하는 것은 물론이고 자신감마저 결여시키는 방향으로 흘러간다. 그 때문에 지식 정보 사회를 살아가는 사람들은 조직에 복종할 수밖에 없고, 관료 사회 또한 상사에게 무조건 복종할 수밖에 없는 삶을 이어간다. 현대 사회의 민낯이 아닐 수 없다.

앤서니 보댕은 『쿡스 투어』라는 자신의 책에서 포르투갈 여행에서 처음 접한 돼지를 잡는 모습을 묘사했다. 그를 통해 매일 아침 식당 주방이나 대형 슈퍼마켓으로 배달되는 제품이라고 생각했던 고기의 실체를 경험하고 식재료에 대한 의미를 다시 생각하게 된다.

KBS 〈요리 인류, 도시의 맛〉이라는 프로그램에서 이욱정 PD는 조지아의 시골 마을 스바네티에서 사람들이 돼지를 잡아 고기를 나누는 모습을 보며, 이곳 사람들은 "고기 한 점의 가치를 우리보다 훨씬 소중하게 느낀다"고 전한다. 한국 사회의 기성세대들은 어린 시절 밥상에서 밥그릇에 쌀 한 톨이라도 남기면 혼나야 했다. 농경 사회에서 태어나 살아왔던 그들의 부모는 농부의 어려움, 땀의 가치를 알고 직접 경험한 세대였기 때문이다.

미식 잡지 〈올리브〉에 '지역 음식의 재발견'이라는 연재를 취재하기 위해 매달 일차 산업에 종사하는 농부, 어부를 비롯해 식재료를 만드는 다양한 사람을 만나는데, 그들은 하나같이 자신감이 넘쳐 보인다. 그들의 눈빛은 총총하게 빛나며, 검게 그을린

얼굴은 도시인보다 훨씬 밝은 혈색을 띤다. 나는 그 이유를 그들이 '진짜'라고 불리는 실체를 대하며 살아온 까닭으로 믿는다.

마이클 폴란은 그의 저서 『요리를 욕망하다』에서 일차 산업으로부터 멀어진 현대인들의 맹점을 극복하는 방편으로 도시를 떠나 자연과 숲으로 돌아가는 대신 부엌으로 들어가도록 권한다. 손수 요리하게 되면 식재료의 실체를 접하게 되고, 이는 잃어버렸던 자신감을 회복하는 일임을 강조한다. 또한 요리를 하면서 유기농과 로컬푸드 같은 좋은 식재료에 관심을 기울이게 되고, 환경과 자연을 생각하면서 이 시대가 안고 있는 쓰레기, 건강, 비만 등 모든 문제를 해결해나가는 시작점이 바로 부엌임을 설파한다. 사랑하는 가족들을 위해 직접 요리해서 함께 음식을 먹는 것은 인간의 역사와 함께해온 가장 행복한 일이 아니던가.

북유럽은 소금 중독 중

한국인의 식단을 보면 된장, 고추장, 간장 등으로 밑간을 하는 음식들이 많은 만큼 나트륨 섭취량이 많다. 우리나라 국민 평균 1일 소금 섭취량은 약 12g나트륨 환산 4,800mg 정도으로, 세계보건기구WHO 권장 섭취량 5g의 두 배를 초과한다. 이는 식약청에서 2017년까지 낮추도록 권장한 1일 나트륨 섭취량 3,700mg보다 여전히 많은 양이다.

미식 여행을 다니며 여러 나라의 음식을 맛보다 보면 느끼는

게 하나 있다. 그들 나라의 음식 또한 한국 음식 만만치 않게 짜다는 사실이다. 특히 발트 3국 리투아니아의 수도 빌뉴스에서 핀란드 헬싱키까지, 북쪽 지방으로 갈수록 음식 맛이 더 짜진다.

2013년 세계보건기구의 유럽 국가 소금 사용량 줄이기 캠페인 실태 보고서에 따르면, 나라별 1일 소금 섭취량이 리투아니아 남성 4.3g, 여성 2.8g, 라트비아 남녀 7.18g, 에스토니아 남녀 10g 순으로, 위도가 올라갈수록 증가하는 것을 확인할 수 있다. 핀란드의 경우 지난 30년간의 강력한 캠페인을 통해 소금 섭취량이 40% 줄었는데, 그 수치가 남성 8.38g, 여성 7.08g이라고 한다.

이렇듯 전반적으로 북유럽의 음식은 짜다. 특히 핀란드 헬싱키에서 먹었던 음식은 짠맛으로 치면 지금껏 내가 먹었던 외국 음식 중 최고 수준이었다. 론리플래닛 가이드와 여러 매체에서 추천하는 유명 파인 다이닝 레스토랑이었는데, 지나친 짠맛에 먹기가 불편할 정도였다. 음식이 너무 짜면 와인도 제대로 마실 수 없다. 왜냐하면 짠맛은 와인의 탄닌 향을 더욱 쓰게 느끼도록 하기 때문이다. 그렇다면 북유럽에서는 왜 이토록 음식을 짜게 먹을까?

첫 번째는 유럽 국가들은 주로 육지에서 생산되는 소금육염을 사용하는데, 햇볕과 비바람에 노출된 육염은 바닷가 염전에서 생산하는 해염보다 염도가 낮아서 많은 양을 사용하게 된다. 유럽에서 가장 잘 알려진 소금 산지는 음악의 도시로 유명한 오스트리아의 잘츠부르크'소금의 도시'라는 뜻다. 두 번째, 소금은 오랜 세월 매우 비싼 식재료였다. 로마 제국은 군인들에게 급여로 소금을 주었는데, 급여를 뜻하는 영어 'Salary'라는 단어는 'Salt'에서 유래되었다. 비싼 식재료였던 만큼 소금을 많이 넣은 짠 음식은 대접하는 사람의 재력과 인품을 나타냈고, 대접받는 사람 또한 소금을 많이 넣은 음식을 훌륭한 식사로 여겼다. 세 번째, 위도가 높아질수록 저혈압 환자가 많은데, 예로부터 저혈압 환자를 치료할 때 소금을 사용했다. 네 번째, 북유럽 국가의 바이킹족들은 장기간 바다를 항해하며 음식이 부패하는 것을 방지하기 위해 식품을 염장해서 저장했다. 즉 바이킹 문화에 길든 그들은 어릴 때부터 짠 음식을 먹는 게 생활화되어 있었다. 다섯 번째, 한국인에게는 익숙하지 않은 음식들이라 더욱 짜게 느껴진다. 외국인들이 김치찌개나 냉면 같은 한국 음식을 처음 접할 때 맵고 짜게 느끼는 것과 마찬가지다.

음식에서 소금 사용량을 줄이기 어려운 이유는 소금이 생명 활동의 근원 물질이면서 모든 음식 맛의 중심이 되기 때문이다. 분자요리를 통해 세계적 명성을 얻은 스페인의 셰프 페란 아드리아는 소금을 '요리를 변화시키는 단 하나의 물질'로 규정한다. 음식에 짠맛을 내는 것보다 더 중요한 소금의 역할은 음식의 전반적인 풍미를 높여주는 것이다. 소금은 쓴맛을 없애고 냄새를 줄이며 단맛과 향을 풍부하게 해준다. 그래서 맛으로 경쟁해야 하는 음식점에서는 소금 사용량을 줄이기가 힘들다.

이렇게 따져 들고 보면, 북유럽인들도 만만치 않겠지만 한국인의 대부분은 '소금 중독'이다. 소금 사용을 줄이려면 외식을 줄이고 직접 음식을 만들어 먹는 것이 최선이다. 직접 만들어 먹기가 번거롭다고? 요리가 귀찮다고? 우리가 요리를 귀찮아하는 순간, 당신의 혀와 위장을 위해 소금으로 필요한 모든 서비스 제공 준비를 끝낸 식당, 식품 기업, 배달 업체들이 줄지어 기다리고 있음을 명심하길 바란다.

자연을 담은 맛

발트 3국

2015년 여름, 일곱 번째 미식 여행으로 북유럽 발트 3국 에스토니아, 라트비아, 리투아니아과 핀란드 헬싱키에 다녀왔다. 종종 유럽 남동부 아드리아해에 위치한 발칸 3국크로아티아, 보스니아, 슬로베니아과 혼동되기도 하는데, 발트 3국은 발트해 남동 해안에 위치한 북동부 유럽 국가들이다.

발트해는 스칸디나비아 반도와 덴마크, 독일, 폴란드, 발트

3국으로 둘러싸인 북유럽 바다로, 지중해 연안 국가들이 바다를 공유하며 지중해 문명을 이룩한 것처럼 북유럽의 나라들 또한 발트해를 공유하며 가꾸어온 그들만의 보석 같은 발트해 문명이 있다. 고위도 지방에 위치한 이 추운 나라들은 숲과 호수로 둘러싸인 아름다운 중세의 모습을 간직한 도시들이 많고, 인구가 적어 넓은 땅에서 여유롭게 살아가는 사람들을 만날 수 있다. 또 풍부한 해산물, 숲에서 채취한 자연산 버섯과 사냥으로 포획한 육류 등의 식재료를 사용한 향토 음식부터 컨템퍼러리 퀴진, 파인 다이닝에 이르기까지 다양한 음식 선택이 가능하다. 더욱이 이들 나라의 음식을 양질의 서비스와 합리적인 가격에 즐길 수 있어 많은 관광객이 방문한다.

발트 3국은 세 나라의 영토를 합해봐야 17만 5,000km²로 러시아의 100분의 1 크기에 인구는 620만 정도다. 18세기부터 러시아의 지배를 받았다가 20세기에 들어 1차 세계 대전을 기점으로 1918년 각각 독립해 공화국을 수립한 뒤 1934년 발트 3국 동맹을 체결했다. 그러나 2차 세계 대전이 발발하면서 독일과 소련의 전쟁터가 되었고, 전쟁이 끝난 후 발트 3국은 다시 소련에 합병되었다. 1991년 소련이 해체되면서 비로소 독립국이 된 발트 3국은 2004년에 유럽 연합에 가입했다. 이처럼 유럽의 변방이자 러시아, 독일, 폴란드, 스웨덴, 덴마크 등 주변 강대국의 영향과 지배를 받아온 이 세 나라가 겪은 역사만 살펴봐도 이들 나라로의 여행은 작은 나라들이 겪어온 아픔과 그 속에서 정체성을 지켜온 역사에 대한 존경을 담은 서사적인 여행이었다.

가장 남쪽에 위치한 리투아니아의 수도 빌뉴스에서 시작한 여행은 열흘 동안 라트비아의 수도 리가를 거쳐 에스토니아의 수도 탈린까지 육로로 이동해 그곳에서 배를 타고 핀란드의 헬싱키로 건너는 일정이었다. 22명이 함께한 이번 미식 여행에는 가톨릭 신부님 한 분과 나에게 '무무여無無如'라는 법명을 지어준 강진 백련사의 회주 스님이 동행했다. 스님과 신부라는 다른 종교의 성직자 두 분과 함께하는 여행이라니, 묘한 인연이다.

빌뉴스 역사 지구

인천 공항에서 출발해 9시간 비행 후 핀란드 헬싱키 공항에서 비행기를 갈아타고 2시간 걸려 리투아니아의 수도 빌뉴스에 도착했다. 빌뉴스는 발트 3국 중 가장 남쪽에 위치한 도시로, 중세 도시의 모습을 고스란히 간직하고 있다. 이곳은 유럽의 파리나 런던 같은 대도시와 달리 왕권과 종교의 권위를 내세워 사람들을 압도하는 거대한 크기의 건축물이 존재하지 않는다. 그 대신에 이 땅과 조화를 이루며 오랜 세월 동안 덧대고 가꾼 흔적이 남아 있는 치명적 매력을 지닌 건축물들이 역사를 말해준다.

빌뉴스는 중세의 도시 구조와 자연환경뿐 아니라 고딕, 르네상스, 바로크 및 고전주의 건축물이 옛 모습 그대로 잘 보존되어 있다. 유럽 최대의 바로크 양식 올드 타운인 빌뉴스의 구시가지는 1994년 유네스코 세계유산 '빌뉴스 역사 지구Vilnius Historic Centre'로 지정되었으며, 2009년 유럽 문화 수도로 선정되었다. 1812년 러시아를 침공한 나폴레옹은 작지만 아름다운 이 도시에 반해 '북유럽의 예루살렘'이라고 불렀다고 한다. 백련사 회주 스님은 첫 방문지인 빌뉴스를 돌아보며 법문을 남겼다. "이 도시를 걷는 것은 명상과 힐링을 경험하게 한다. 빌뉴스로의 여행은 문명화된 자연으로의 여행이자 도심의 템플스테이 같은 곳이다."

가성비 갑 도시

클라이페다는 리투아니아에서 세 번째로 큰 도시로, 리투아니아 유일의 항구 도시다. 오랜 세월 프로이센과 독일 제국에 속했던 이곳은 2차 세계 대전 당시 나치 독일의 잠수함 기지가 있던 곳이었던 만큼 타이태닉 유람선 크기의 대형 선박이 기항할 수 있어 리투아니아와 스칸디나비아, 독일 등을 오가는 유람선, 화물선 등의 왕래가 빈번하다. 유람선들이 정박해 있고, 중세 시대를 떠올리게 하는 건축물과 식당, 바, 상점들이 즐비한 이 도시의 느낌은 마치 과거로 시간 여행을 하는 느낌을 준다.

저녁은 각자 자유롭게 하기로 하고 식삿값으로 1인당 20유로씩 나눠드렸다. 모자라면 보태면 되고, 남으면 용돈이 되므로 일반 여행에는 없는 이벤트라며 모두 즐거워했다. 나는 일행 몇 명과 함께

괜찮아 보이는 레스토랑에 들어갔지만, 거의 만석이라 일행이 함께 앉을 자리가 없었다.

레스토랑을 나와 론리플래닛 가이드에서 추천하는 프리드리히 패시지Friedrich Passage 식당 거리로 이동했다. 우리나라의 먹자골목 같은 곳인데, 좁은 골목 양쪽으로 음식점, 술집, 공연장이 이어져 있고 관광객들로 인산인해를 이루고 있었다. 이곳 식당 한곳에서 남자 셋, 여자 셋 총 여섯이서 식사를 했는데, 저녁 식사와 맥주, 커피까지 마신 뒤 계산서를 받아보니 50유로가 나왔다. 남자 셋이 식사비를 내기로 하고 20유로를 합산하니 팁 10유로까지 완벽하게 계산을 마칠 수 있었다. 옆 테이블에서 신부님을 포함한 일행 여덟 명이 식사를 했는데, 신부님이 모자라는 금액은 쏘시겠다고 선언하고 일행들의 20유로를 걷었지만 결과적으로는 남는 장사였다고 한다. 왜 많은 서유럽 관광객들이 이곳으로 휴가를 오는지 이해가 된다.

클라이페다는 남부 유럽보다 덥지 않아 쾌적한 데다 비용이 저렴해 이른바 가성비가 무척 좋은 곳이다. 저녁 식사를 마치고 서로 약속이라도 한 것처럼 밤길을 걸어 호텔로 돌아갔다. 중세 옛 도시의 모습을 고스란히 간직한 클레이페다의 고즈넉함과 낭만에 끌려 모두 자연스럽게 걷고 싶어진 것 같았다. 호텔까지 돌아가는 거리에는 지나가는 차도 없고 상가도 없다. 밤길을 밝혀주는 가로등이 길을 따라 점점이 찍혀 있고 그 너머로 자연 속에 깊이 잠든 집들만 있을 뿐이다. 달빛을 받으며 우리는 말없이 걸었다.

우연 또는 필연

아침에 눈을 뜨니 박 총무로부터 문자가 들어와 있었다. 내용은 '스님 핸드폰 잃어버리신 것 아닌가요?'였다. 아침 식사를 하러 식당으로 내려온 스님의 안색이 어딘가 어두워 보였다. "스님 핸드폰 잃어버리셨죠?" 하고 여쭙자 당황하며 반문했다. "어떻게 알았어?" "제가 찾아드리겠습니다. 모든 일은 부처님 손바닥입니다."

그런데 핸드폰이 다시 스님에게 전달되기까지의 과정이 실로 부처님 품 안에서 일어난 우연이자 필연처럼 느껴진다. 사건의 개요는 이렇다. 먼저 스님은 이번 여행을 준비하면서 막 출시된 최신 스마트폰으로 바꿨다. 그리고 아직 새 스마트폰의 기능과 사용법을 미처 파악하지 못한 채 여행을 왔다. 스님은 클라이페다에서 잠시 들렀던 레스토랑팬찮아 보였지만 자리가 없어 나왔던 예의 레스토랑이다의 테이블 위에 그만 스마트폰을 놓고 나왔다. 테이블에 올려진 스마트폰을 발견한 식당 주인은 리투아니아에는 없는 휴대폰임을 확인하고 저장된 몇 개의 전화번호로 문자를 보냈다. "This is a restaurant in Kleipeda. We have this smart phone. Please contact me." 공교롭게도 스마트폰 사용법을 아직 익히지 못한 스님은 기본 메뉴 설정을 영어로 둔 채 한글로 변경하지 않았던 것이다. 이 영어 문자는 북유럽에서 대한민국 전라남도 강진 백련사 종무소 보살님에게로 전송되었고, 보살님은 스님이 핸드폰을 분실했는지 확인하기 위해 박 총무에게 연락했다. 그리고 박 총무가 내게 전달한 것이다.

레스토랑에 전화를 걸어 휴대폰을 보관하고 있다는 것을 확인하고, 다른 도시로 떠나는 길에 들러 휴대폰을 되찾았다. 여러 우연이 겹치면서 스님의 휴대폰은 필연적으로 스님께 돌아왔다. 그러고 보니 '우연 또는 필연'은 공교롭게 이 여행을 함께했던 사진작가 강운구 선생의 책 제목이기도 하다.

리가의 신화 빈센트 레스토랑

라트비아의 수도 리가는 '북구의 파리The Paris of The North'로 불리는 아름답고 예술적 감성이 넘치는 도시다. 발트 3국에서 가장 큰 도시로, 2014년 유럽 문화 수도로 선정되었다. 구시가지에는 유럽에서 가장 매력적이고도 큰 아르누보 건축물들이 남아 있다. 올드 타운 전체가 유네스코 세계문화유산이며, 미로처럼 얽힌 골목마다 상점과 음식점, 카페가 즐비하다. 도시를 감싸는 분위기와 그곳 어딘가의 디스코테크에서 흘러나오는 음악은 여행객과 젊은이들의 해방구가 된다.

빈센트Vincents는 리가 최고의 레스토랑으로 론리플래닛 가이드에서 추천하는 곳이다. 영국의 엘리자베스 여왕이 리가에서 하루 머무는 동안 점심과 저녁을 모두 이곳에서 했다는 일화는 이 레스토랑의 신화가 되었고, 앙겔라 메르켈 독일 총리, 조지 부시 미국 대통령, 반기문 유엔 사무총장, 힐러리 클린턴 등 세계 가국의 명사들이 잇따라 이곳을 방문했다. 미식 여행단인 만큼 이곳에서의 식사는 필수 코스. 출발 전 이메일을 보내 미식 여행단에 관해 간략한 설명과 함께 예약 요청을 했다. 인원이 많아 다소 난색을 보이기는 했지만, 사전에 음식을 주문하는 것으로 절충해서 성공적으로 예약을 마쳤다.

미식 여행단에서 와인 선별 책임을 맡은 신 대표가 그날 와인을 호스트하기로 했다. 그에게 레스토랑 빈센트에 대해 얘기했더니 사전 검색을 통해 이 레스토랑에 레이먼드 톰슨이라는 발트 지역 최고의 와인 전문가이자 유럽 정상급 소믈리에가 수석 소믈리에로 일하고 있다는 정보를 알아냈다.

예약 당일, 신 대표는 톰슨 소믈리에에게 "당신은 최고의 와인 전문가니까 우리가 주문한 음식에 맞춰 와인 페어링을 해달라"고 요청했다. 톰슨 소믈리에가 물었다. "애피타이저 와인부터 디저트 와인까지 전체 음식에 각각 페어링해도 무방합니까?"

이날 우리는 라트비아 최고의 음식점에서 이 지역에서 생산되는 제철 식재료 요리와 최적의 조화를 이루는 와인을 맛보았다. 평소에는 와인을 거의 마시지 않았던 사람들까지 두어 잔씩 마시며 음식과 와인이 어우러진 환상의 맛을 음미했다. 최고의 식사에 배도 마음도 흡족했지만, 한편으로는 와인값이 걱정되었다.

다음 날, 박 총무에게 식삿값이 어느 정도 나왔냐고 물었더니 식삿값보다 와인값이 더 많이 나왔는데, 그 와인값을 신 대표가 냈다는 얘기를 들었다. 비공식적 관례이긴 하나 미식 여행단은 식사할 때 돌아가면서 와인을 호스트하고, 대개 두 병 내지 세 병, 금액은 많게는 200유로를 넘지 않도록 한도를 두었다. 하지만 지난밤의 와인값은 한 사람이 부담하기에는 지나치게 큰 금액이었다. 공금 예산에서 절반을 부담하겠다고 하자 신 대표는 거두절미하며 말했다. "훌륭한 레스토랑의 좋은 음식들과 애피타이저에서 디저트까지 제대로 페이링되는 와인을 경험하기는 쉽지 않습니다. 이런 멋진 음식점에서 함께 여행한 분들에게 와인 애호가로서 음식과 완벽하게 매칭되는 와인을 경험하고 그 값진 경험의 비용을 낼 수 있었음은 큰 즐거움이었습니다. 그러니 절대로 받지 않겠습니다." 그는 와인 애호가를 넘어 미식의 진정한 의미를 이해하는 미식가였다.

KATARINA

교토 미식 수학여행

2015년 가을 2박 3일 일정으로 쿠킹클래스를 함께한 CEO들과 의기투합해 여덟 번째 미식 여행을 다녀왔다. 이번 여행의 콘셉트는 '미식 수학여행', 천년 고도 교토에서 접할 수 있는 역사가 오랜 노포老舖 중심의 식재료 가게와 음식점에서 오랜 세월 이어져 온 '비결과 음식 맛'을 살펴보는 것이었다.

음식 맛, 물맛

여행 일정표를 보니 오전 10시 40분에 오사카 간사이 공항에 도착 예정이다. 간사이 공항에서 교토에 도착하면 점심 무렵이 된다. 미식 수학여행의 첫 번째 식사를 어디에서 할지 고민하다 100년이 넘은 요리 료칸으로 유명한 긴마타近又에 예약을 했다.

1801년 료칸을 시작해 8대째 운영되고 있는 이 료칸의 가이세키 요리会席料理, 일본의 전통 정찬 요리는 한마디로 표현하면 '절제된 미식'이었다. 당일 새벽에 들여오는 최고의 제철 식재료에 최소한의 조리를 통해 재료 본연의 맛을 살린 요리들은 '자연의 맛'이 담긴 건강한 맛이다. 갓 지어낸 밥은 반찬 없이 밥만 먹어도 단맛이 올라온다. 지배인 겸 7대 셰프 우카이 하루지 씨는 매일 아침 6시에 일어나 종업원들이 출근하기 전부터 음식 준비를 하고, 자정이 되서야 잠자리에 든다고 한다. 게다가 일상의 모든 정성을 요리에 쏟기 때문에 다른 취미 활동을 전혀 하지 않는다. 그야말로 '요리'에 출가한 삶을 산다고 해도 과언이 아니다.

교토 음식점 셰프들은 한결같이 "교토 맛의 핵심은 다시出し"라고 말한다. 다시는 가쓰오부시, 멸치, 다시마 등을 물에 우린 기본 국물을 가리킨다. "물은 당연히 중요하죠. 교토는 다시를 우릴 때 다시마를 많이 사용하는 반면 도쿄는 가다랑어포를 더 많이 써요. 교토와 도쿄의 물의 성분이 다르기 때문이죠. 교토의 물은 연수라 다시마가 잘 우러나고, 도쿄는 경수라 가다랑어포를 씁니다.

한국은 요리할 때 어떤 물을 쓰나요?"

그러고 보니 과문한 탓인지 아직껏 요리하는 물의 성분을 얘기하는 한국 셰프를 만나본 적이 없다. 사람들은 말한다. 어떤 분야건 일본인들이 손대면 세계 최고를 만들어낸다고. 그들이 최고를 만들어낼 수 있는 저력은 맡은 일에 최선을 다하며, 오랜 세월 몇 세대에 걸쳐 깊이 있게 파고 들기 때문이 아닐까 하는 생각이 든다.

교토의 니시키 시장

긴마타에서 점심을 먹은 뒤 교토에서 가장 오래된 전통 시장 니시키錦로 갔다. '교토의 부엌'이라 불리는 이곳은 1600년대 초반 도쿠가와 이에야스가 일본을 통일하면서 시작되어 교토의 왕실과 귀족, 서민들에게 식재료와 생활필수품들을 공급하는 시장으로 자리를 잡은 후 400년 넘도록 이어져 온 곳이다.

오랜 역사를 지닌 수백 개의 점포가 늘어선 좁은 골목길에는 일본인들과 외국인 관광객들이 뒤섞여 활기가 넘친다. 각종 밑반찬, 채소, 생선과 어묵, 조리 도구 등 유명 가게들을 구경하는 재미가 쏠쏠한데, 특히 교토 지방의 채소로 만든 쓰케모노漬物, 채소를 소금에 절인 음식는 니시키 시장의 대표 음식이다. 시장 곳곳에 오랜 전통을 지닌 전문점들이 많은 탓에 100년 미만의 가게들은 오래됐다는 명함을 내밀기도 어렵다. 두부 피皮인 유바로 유명한 가라나미기치唐波吉는

1790년에 개업했고, 고등어 스시로 유명한 이우마타伊豫又는 1617년에 개업했다. 하지만 이곳들도 1560년에 개업했다는 칼 공방 아리쓰구有次에 비하면 한참 늦다. 개업 당시 무사들의 칼을 만들었던 아리쓰구는 지금은 전문 주방용 칼을 만든다. 한국의 유명 일식집 조리사들 대부분이 이곳에서 만든 칼을 사용한다고 한다.

아내를 위한 선물

무려 455년이 넘는 역사를 지닌 아리쓰구 칼 공방은 니시키 시장 한가운데 있다. 칼을 만들 때 쇠를 불에 달구어 두드리고 식히는 과정을 담금질이라 하는데, 일반 부엌칼은 한두 번에 그치지만 아리쓰구의 부엌칼은 10번 이상의 담금질을 거쳐 만들어지는 명품이다.

TV에서 본 요리사들이 사용하는 큰 칼을 사서 쿠킹클래스에서 자랑하고 싶은 욕심에 가격을 살펴보니 5만 엔한화 50만 원 이상의 고가다. 마음을 비우고 일본 주부들이 가장 많이 사용하는 칼이 어떤 것인지 물었더니, 일반 가정에서 부엌칼로 쓰기에 적당한 크기의 칼은 1만 엔 내외였다. 얼른 한 개를 골라 계산을 마치자 칼에 이름을 새겨주겠다고 종이와 펜을 내밀며 이름을 적어달라고 했다. 이름이라, 순발력을 발휘해 아내 이름을 한자로 적었다.

내가 아는 한 모든 중년 이후 남성들이 해외 출장이나 여행에서 아내를 위한 선물로 옷이나 가방, 액세서리 같은 물건을 사면 100퍼센트 핀잔을 듣는다. 사실 이때 남성들이 느끼는 당혹감 또한 상당하다. 돈은 돈대로 쓰고 혼나니까 말이다.

미식 수학여행을 마치고 집에 돌아와 짐을 정리하며 아내에게 "부엌칼 사 왔어"라고 했더니, 내게도 남자들이 받는 핀잔의 순간이 도래한다. 야단을 맞으려는 순간, "당신 이름이 새겨져 있어!"라고 말하자 아내가 포장을 풀어 살펴본다. "일본 최고의 명품 부엌칼이래"라는 말을 덧붙이자 아내는 곱게 다시 포장한 뒤 장롱 깊숙이 넣는다. 그 후 지금까지 나는 그 칼을 다시 본 적이 없다. 아리쓰구는 칼을 만들 때 '마음과 정성'을 바친다고 하는데, 이름을 새긴 부엌칼 선물은 아내에게 '마음과 정성'의 선물이 된 듯하다.

교토 상인의 33계명

니시키 시장의 교토 상인들은 400년 넘도록 장사를 해오면서 자기들만의 상도를 만들었는데, 그것이 '교토 상인 33계명'이다. 이 교토 상인 33계명은 장인 정신을 지켜가는 일본인답게 근면, 성실 등을 강조하고 살면서 지켜야 할 덕목과 지혜를 담고 있다. 어떤 계명은 오늘날 기업 경영에 적용해도 손색없는 것들까지 세세한 가르침을 주고 있다. 그중 몇 가지를 꼽아본다.

품질 경영: 늘 물건의 품질을 따져라. 많이 판다고 좋은 것이 아니다.
신뢰 경영: 신용이 우선이고, 이익은 나중이다.
영업 마케팅: 한 번 만족시킨 고객은 최고의 세일즈맨이 된다.

그 밖에 '해보지 않고 인생을 끝내지 마라' '고객 서비스의 으뜸은 늘 좋은 정보를 제공하는 것이다' 등 미래를 개척하고 도전하도록 진짜 상인으로 살아가기 위한 33가지 가르침들을 치밀하게 담고 있다. 400년 넘게 교토 시장을 지켜온 진정한 힘은 시장 운영의 철학을 담은 33계명, 시장을 운영하는 소프트웨어의 힘이다.

남자들의 요리

남자의 요리

요리사가 된 한 남자의 이야기다. 그의 이름은 김승용. 그는 주방용품 기업 CEO를 은퇴한 뒤 요리연구가로 변신했다. 일간지에 '미스터 M의 사랑받는 요리'라는 칼럼을 연재하며, 집 부엌을 요리 실습장으로 꾸며 3년 동안 200명이 넘는 남자들에게 요리를 가르쳤다.

요리 경험이 없는 남자들을 위해 그는 일부러 레시피를 없앴다.

저녁 7시 퇴근해서 수업에 참석한 남자들은 4~5코스의 음식 만드는 과정을 지켜보며 그가 조리한 음식들을 함께 맛본다. 그는 메인 요리의 재료를 깨끗하게 손질한 뒤 포장까지 해서 참가자들에게 건넨다. 그러면 참가자들은 집에 돌아가 요리했다는 인증 사진을 보내야 다음 수업에 참가할 수 있다. 쿠킹클래스의 수업료는 따로 없다. 그날 가져갈 요리의 재료비만 내면 된다. 그가 강조했던 요리의 핵심은 신선한 식재료와 단순한 조리법. 그는 스스로 '쉬운 요리연구가'를 자처하며 이를 남자의 요리에 대한 그의 철학으로 삼았다.

미스터 M 김승용은 2015년 7월 갑작스럽게 세상을 떠났고, 그가 남긴 '쉬운 요리 연구'의 과제는 2016년 말 아내 송영미 씨와 딸 김정현 씨가 『이렇게 쉬운 미식 레시피』라는 제목으로 출간했다. 그의 '쉬운 요리 철학'이 계속해서 이어지기를 기대한다.

남성들의 요리 클럽 '초코'

스페인 북부 바스크 지역 음식 문화의 중심은 '초코Txoko'라 불리는 남성들의 요리 클럽에 있다. '초코'는 1870년에 시작된 회원제 남성 미식 클럽으로, 회원들이 모여 함께 요리하고 먹고 마시고 이야기cook, eat, drink, talk를 나누는 사교 공간이다. 세계 미식의 수도라 자부하는 산세바스티안에 150개, 빌바오에 120개를 포함해 바스크 지역 전체에 1,500개 정도의 요리 클럽이 있다.

역사적으로 세계 어느 나라에서도 음식과 요리는 여성의 영역에 속한 것이었고, 이는 오랜 세월 동안 여성들을 가사 노동에 종속시키는 불편함을 만들기도 했지만, 또 다른 면에서는 여성들만의 특권이기도 했다. 그런데 이곳 바스크 지역에서 150년 전 남성들만의 요리 모임이 시작되었고, 요리가 남성들도 참여하는 공공 영역이 되었다.

이곳에서 남성들은 평소 집에서 먹는 음식 외에 사라져가는 요리를 지키고 잊혔던 요리를 부활시켰으며, 다양한 식재료 실험을 통해 새로운 요리를 개발하고 좋은 식재료에 대한 정보를 교환했다. 처음에는 여성들이 참여할 수 없는 금녀禁女 모임이었지만, 요즘은 여성들도 참가할 수 있다. 단, 요리는 여전히 남성만 한다. 초코를 통해 바스크 지역 전체가 '음식의 모든 것'을 공유하게 되었고, 실천적 집단의 지성을 통해 바스크 요리는 사회적으로 세련되게 발전되었다.

남자들의 요리 수업

한국의 음식 문화와 요리를 발전시키기 위해서는 남자들, 특히 오피니언 리더에 속하는 남자들이 직접 요리를 접해보는 게 중요하다는 생각이 들었다. 살면서 요리라고는 평생 해본 적이 없을 기업의 대표, 교수, 변호사 등 전문직 종사자들을 초청해 요리 공부를 시작했다. 모두 바쁜 사람들이라 요리 수업은 한 학기당

총 6회, 수업은 월 1회 실시하는 것으로, 세 명의 유명 셰프에게 각각 두 차례 음식 강의와 실습을 받는 과정이다.

총 여덟 명이 수업에 참가했다. 그중 유학 시절 손수 음식을 만든 경험이 있는 강 교수가 반장을 맡아 나이와 직책 불문 앞치마를 두르게 하고 칼을 잡도록 지시했다. 모두 어설프지만, 나름 진지하게 요리의 세계로 빠져들었다. 그들은 1년 6개월, 총 세 학기 동안 요리 교실을 다니면서 한식, 중식, 프렌치 등 여러 음식 전문가와 셰프들의 도움을 받으며 수업 프로그램을 소화했고, 교토로 2박 3일간 미식 수학여행을 다녀온 뒤 졸업식을 했다.

마지막 수업이자 졸업식은 궁중음식연구원 한복려 원장의 강의와 실습으로 이루어졌다. 졸업식에는 부인들을 학부모 자격으로 초청해서 남편들의 수업을 참관하게 한 뒤 남편들이 직접 만든 음식들로 상차림을 해서 함께 식사하는 자리를 가졌다.

식사 자리에서 학부모 가운데 한 분이 말했다. "우리 남편은 요리 공부를 시작했다고 해서 집에서 요리한 적은 한 번도 없어요. 그런데 요리 공부하고 온 날은 너무 기분이 좋고 행복해해요. 제가 해주는 음식을 너무도 당연한 것으로 여기고 평생 무관심했던 사람이 요리와 상차림에 관심을 보이고 고마워합니다. 그래서 이 수업에 정말 감사드려요." 다른 학부모 모두 같은 의견이었다.

남자들이 요리 수업을 통해 배운 것은 요리의 기술이 아니라 음식의 가치였다. 가치를 이해하면 모든 일을 존중하게 된다.

일상에서 평생의 반려자가 매일 반복하지만 남편들은 몰랐던 생명과 직결된 요리의 가치에 눈을 뜨게 되는 시간이었다.

남자들의 요리 수업에 참여한 사람 가운데 통신회사 임 대표는 매우 적극적인 학생이었다. 첫 수업에서 배운 '너비아니 구이'를 주말마다 요리했더니, 처음에는 환상적이라는 반응을 보였던 가족들이 한 달이 지나자 이제 제발 그만 만들라고 했다며 그는 웃었다.

대중식당 예찬

파인 다이닝과 대중식당

몇 해 전부터 파인 다이닝이라는 말이 유행이다. 영어 단어 그대로 번역하면 '좋은 식사'라는 뜻인데 그 의미가 잘 이해되지 않는다. '파인 다이닝'을 한글로 검색해보면 몇 가지 설명이 나오는데, 그중 가장 당황스러운 검색 결과는 '파인 다이닝에 처음 가는 사람이 알아야 할 어휘 스무 가지'라는 제목으로 프랑스 식당에서 사용하는 음식 용어들을 나열한 것이다. 또 다른 난감한 설명은 '고급 식당을 의미하는 말로 셰프가 정성을 다해 마련한 최고의 요리를 최상의 서비스를 통해 최적의 분위기에서 즐기며 맛의 미학을 느낄 수 있는 곳'이다.

케임브리지 영어 사전을 찾아보면 '파인 다이닝'을 좀 더 쉽게 설명한다. "a style of eating that usually takes place in expensive restaurants, where especially good food is served to people, often in a formal way", 즉 특별하게 조리된 좋은 음식을 격식을 갖추어 서비스하는 비싼 식당에서 먹는 형식이다. 한마디로 줄이면 '비싼 식당에서 먹는 좋은 음식'이다.

내 경험에서 미루어보면 파인 다이닝에 대한 생각은 이렇다. 처음에는 셰프들의 특색 있는 음식을 경험할 수 있어서 좋지만, 비싼 식당에서의 좋은 음식이 계속될수록 이들 음식에 대한 피로감을 느끼고, 더는 흥미를 갖기 어렵게 됨을 감지할 수 있었다. 즉 파인 다이닝에서의 최고급 식사는 특별한 기회에 드물게 경험해야 그 감동도 큰 법이다. 20세기 초반 프랑스 최고의 미식가로 추앙받으며, 초창기 원조 미쉐린 가이드를 시작했다는 퀴르농스키는 일생 동안 프랑스 각 지역과 외국의 최고 음식들을 맛보고 다녔다. 하지만 정작 그가 가장 좋아했던 식사는 소박한 식사를 제공하는 식당이나 카페에서 먹는 가벼운 저녁 식사였다고 한다.

'대중식당大衆食堂'을 국어사전에서 찾아보면 "대중을 상대로 하여 값싸고 간편한 식사를 제공하는 식당"이다. 직장인들이 점심시간에 빠르고 손쉽게 먹을 수 있는 대중식당 가운데서도 인기 있는 곳들을 살펴보면 대부분이 맛과 함께 가성비가 좋다.

동대문구 경동시장로 2길의 동쪽 끝자락에 이르면 양은 냄비에 갓 지은 밥을 내는 식당들이 줄지어 있다. 이곳들의 대표 메뉴는 간단한 반찬을 곁들인 청국장과 된장찌개로 가격은 6,000원. 몇 차례 방송에도 소개되었고, 유명 요리사들도 이곳에서 식사하면서 어머니의 맛을 떠올린 곳이란다. 줄 서서 기다렸다 입장하는 이곳에서의 식사는 언제나 부담 없이 맛있고 즐겁다. 고급이나 화려함과는 조금도 인연이 없는 식사지만, '더할 것도 뺄 것도 없는 진실한 음식'을 오감으로 체험하게 한다.

우리 삶의 주변에는 이처럼 정감 가고 맛있는 음식을 만드는 식당들이 꽤 많다. 그리고 사람들은 자연스레 그곳들을 찾아간다. 마치 자석에 이끌리듯이 말이다. 왜냐고? 우리 삶 대부분의 나날은 일상이며, 일상에서의 식사는 이런 대중식당이 더 좋은 법이다.

예술가의 집

파주 헤일리 예술인 마을에서 작업실 겸해서 사는 사진작가의 집을 방문했다. 노출 콘크리트로 되어 있는 집을 보며 유명 건축가의 손길이 묻어나 멋지다는 인사말을 보태니, 집주인의 답변이 심플하다. "여름엔 덥고, 겨울엔 추워요. 건축가가 설계한 집은 다 그래요." 굳이 비유하자면 예술가의 집은 한마디로 파인 다이닝 같은 집일 것이다. 어쩌다 초대되는 손님들에게는 멋지지만, 그곳에서 일상을 살아야 하는 사람은 불편함을 참아야 한다.

건축가가 설계한 집과는 달리 집 장사치들, 즉 건설회사가 짓는 아파트의 설계는 살기에 매우 편리하다. 그들에게 무슨 특별한 노하우가 있지는 않다. 다만 그들은 주부들의 취향에 최대한 신경 써서 설계한다. 주부들 사이에서 좋다고 입소문 나면 별다른 마케팅 없이도 만사 오케이, 또 실제 살기에도 매우 편한 집을 짓는다.

슈퍼 노멀

슈퍼 노멀Super Noraml이라는 개념은 영국인 디자이너 재스퍼 모리슨과 일본인 디자이너 후카사와 나오토 두 사람이 2006년 도쿄에서 가졌던 전시회 타이틀이자 함께 저술한 책 제목이다. 그들은 오랫동안 사람들이 사용해온 평범한 물건들의 디자인에 주목한다. 오랜 세월을 이어온 제품들의 디자인은 평범하지만, 그 속에는 숨겨진 감동이 담긴 비범함이 있음을 간파하고 '평범'하면서 동시에 '특별'한 제품들을 모아 전시회를 열었다.

사람들이 일상에서 먹는 음식들 또한 지극히 평범하다. 하지만 이 평범함은 지역에서 생산되는 식재료들을 오랜 세월 동안 조리해서 먹으며, 품종을 개량하고 조리법 또한 수많은 사람의 손맛, 입맛을 거치며 특정 지역에 최적화된 음식으로 살아남은 결과다. 이를테면 한국인의 주식인 쌀밥과 된장국, 김치와 반찬 같은 것들은 가장 평범하고 일상적인 음식이지만, 그것들이 일상화되기까지는 수백, 수천 년의 세월 동안 다른 식재료, 음식들과의 치열한 경쟁과 선조들의 오랜 학습을 통한 노력의 결과였다. 따라서 평범한 일상의 음식들은 오랜 세월의 풍파를 뛰어넘은 위대한 결과물로서 특별하다. 이는 비단 한국 음식뿐만이 아니다. 각 나라의 대표적인 음식이란 그 지역 사람들의 삶을 고스란히 담고 있는 오랜 역사의 성과물로 '특별함'을 내포한 '평범함'이다. 따라서 일상의 음식이란 곧 슈퍼 노멀한 음식을 말한다.

"전쟁의 반대말은 평화가 아니라 우리의 일상"이라는 말이 있다. 일상은 시시해 보이지만 그토록 소중하다. 알렉산드르 솔제니친은 수용소의 생활을 그린 『이반 데니소비치의 하루』에서 일상의 음식을 그린다. "음식을 먹을 때는 그 진미를 알 수 있도록 먹어야 한다. 조금씩 입안에 넣고 혀끝으로 이리저리 굴리며 양쪽 볼에서 침이 흘러나오게 한다. 그렇게 하면 이 설익은 검은 빵이 얼마나 향기로운지 모른다."

음식은 한 편의 시다

2016년 8월, 10일간의 일정으로 아홉 번째 미식 여행을 떠났다. 아홉 번째 여행지는 코카서스 산맥 남쪽에 있는 코카서스 3국으로 정했다. 코카서스는 흑해와 카스피해 사이에 위치한 유럽과 아시아가 만나는 경계 지역으로, 과거 실크로드의 요충인 지정학적 중요성 때문에 그리스와 로마, 페르시아, 오스만 제국, 러시아 등이 번갈아 이 땅을 차지했다. 코카서스 3국은 조지아, 아제르바이잔, 아르메니아를 가리킨다. 세 나라 모두 구소련 연방에 속했다가 1991년 독립했지만, 아제르바이잔과 아르메니아는 여러 차례 무력 충돌을 일으킨 적대적 관계라 두 나라 간의 국경 통과는 불가능하다. 이 두 나라로 가려면 완충 역할을 하고 있는 조지아를 통해 입국해야 한다.

코카서스는 한국의 한여름이 시원하다고 느껴질 정도로 무더운 사막 기후다. 세 나라는 유럽과 아시아를 잇는 실크로드를 자부하지만 유럽의 변방인 데다 아시아, 심지어 중동과 이슬람 지역에서도 변방으로 취급받으며 3,000년 넘게 강대국들에 점령당하고 핍박받아왔다. 하지만 그 속에서도 자신들의 언어와 종교, 민족의 정체성을 지켜온 이 나라들은 한국인들에게는 생소하지만 다른 어느 곳보다 '장소의 혼'이 짙게 배어 있는 감동의 땅으로, 코카서스라는 지명은 희생과 극복, 슬픔과 기쁨, 강인함이 배어 있는 역사의 땅을 상징한다.

세 나라는 각자의 언어와 문자를 사용하고 있는 만큼 음식에도 서로 다른 정체성을 보인다. 세 나라 모두 신선한 식재료에 양념과 향신료를 즐기는데, 공통으로 먹는 음식은 고기를 구운 바비큐 꼬치구이다. 조지아에서는 츠바디**mtsvadi**, 아제르바이잔에서는 샤슬릭**shashlyk**, 아르메니아에서는 코라바트**khoravats**로 불린다. 또 다른 공통 음식은 돌마**dolma**로, 밥과 다진 고기에 허브를 넣고 포도 잎으로 싼 음식이다. 아제르바이잔과 아르메니아에서 주로 먹는데, 두 나라 모두 자기들로부터 유래된 음식이라고 주장한다. 비록 이슬람 국가 아제르바이잔과 기독교아르메니아 사도교회 국가 아르메니아는 서로 다른 종교와 문화를 가지고 있지만, 국가 정체성 이전에 같은 식재료로 같은 음식을 만들어 먹었음을 알 수 있다. 음식은 모든 문화의 시작이다.

아제르바이잔 음식

아제르바이잔 음식의 기본은 케밥kebab이다. '티카tika'라고 불리는 일반적인 케밥은 불에 구운 고기로 만들어진다. 여기에 꼬리 고기가 함께 들어간 것을 현지인들은 별미로 생각한다. 식당에서 케밥을 주문하면 신선한 채소와 과일, 샐러드, 치즈 그리고 빵이 함께 나온다. 갈빗살이나 소고기를 양념에 재워 구운 케밥은 조금 더 비싼데 구운 채소를 함께 주문할 수 있다.

케밥 먹기에 지치면 돌마를 주문하면 된다. 쌈밥 비슷한 음식으로 밥과 다진 양고기를 섞어 민트, 펜넬fennel, 계피 등 향신료를 넣고 양배추나 포도나무 잎으로 싸서 먹는다. 스튜는 감자, 양고기, 체리, 미트볼, 병아리콩 등의 재료를 넣어 만든다.

아제르바이잔의 대표적인 음료는 홍차다. 세계인이 즐겨 마시는 커피는 수도인 바쿠에서는 쉽게 마실 수 있지만, 지방으로 가면 마시기 힘들다. 이슬람교도가 인구의 80% 이상이지만 음식점에서 브랜디와 와인, 맥주를 주문해 마실 수 있고, 예전 러시아 지배의 영향으로 장년층 사람들은 보드카로 건배하는 것이 중요한 사회적 친교의 수단이다.

조지아의 모든 음식은 한 편의 시다

"조지아의 모든 음식은 한 편의 시다." 이 말은 러시아의 국민 시인 푸시킨이 조지아 음식에 보낸 찬사다. 그만큼 조지아는 음식의 즐거움이 넘치는 나라다. 신이 식사 도중 코카서스 산봉우리에 걸려 음식들이 쏟아진 곳이 조지아였다는 전설이 있을 정도로 이곳 사람들은 자기들의 음식에 대한 자부심을 '천국이 내린 축복의 식탁'이라고 표현한다.

조지아의 음식을 한마디로 축약하면 무공해 식품이다. 산악 지대에서 방목해 키우는 가축들과 농약을 사용하지 않는 농작물에서 얻어지는 식재료들, 거기에 호두, 마늘, 청정 고산 지역 치즈를 넣어 만든 음식들은 풍미가 깊다. 조지아의 거리 음식 중에는 만두와 비슷한 킨칼리khinkali와 카차푸리khachapuri라는 조지아식 치즈 파이가 유명한데, 외국인들도 좋아하는 조지아의 대표 거리 음식이다.

조지아는 와인이 시작된 나라다. 이 나라의 모든 안내 책자에는 "8,000년 와인 유산8000 Year Old Winemaking Heritage"을 먼저 강조하고 "세계적으로 가장 오래된"이라는 수식어가 반드시 따른다. 오랜 역사만큼 500종이 넘는 다양한 포도 품종을 재배하고 있으며, 크베브리kvevri라고 불리는 거대한 옹기에 포도를 으깨 땅속에 묻어 전통 방식으로 발효시킨다. 와인 애호가이자 미식 여행단의 와인 담당인 신 대표는 조지아에서 접하는 와인들을 "여지껏 경험해보지 못한 새로운 맛"이라고 표현했다. 8,000년의 와인 역사를 지닌 이 땅에서 수천 년 동안 이어온 와인 숙성법을 온전히 지켜온 조지아의 와인은 구소련에서 독립하기 전까지 서방 세계에 알려지지 않았기 때문에 그 맛은 더 이색적으로 우리에게 와닿았다.

조지아 사람들이 음식으로 가장 즐기는 것은 수프라Supra라고 불리는 전통적인 파티 문화다. 축하할 일이 있을 때 열리는 연회를 가리키는데, 이날은 가족과 친지들이 모여 덕담을 나누며 음식과 술을 마신다. 대개는 연장자가 연회를 진행하며 축하할 내용을 전하고 건배를 청한다. 조지아인들의 음주 풍속은 기쁜 날은 26잔, 슬픈 날은 18잔의 술을 마셔야 한다. 그래서 파티는 밤늦게까지 계속된다. 특히 새해가 되면 수프라는 한 달 내내 계속되는데, 그야말로 '카르페 디엠Carpe Diem, 오늘을 즐기는 삶'을 실천한다.

아르메니아의 국보급 음식

아르메니아의 음식은 이웃했던 아랍, 러시아, 그리스, 페르시아 음식들의 영향이 일부 남아 있긴 하지만, 독창적인 면이 강하다. 가볍게 양념한 고기, 신선한 샐러드, 효모를 넣지 않고 화덕에서 구워낸 얇은 빵 라바쉬lavash와 함께 오랜 세월 이어져 온 가정 요리들은 가히 국보급이다. 아르메니아 음식의 가장 큰 특징은 신선함인데, 모든 식재료가 마을 단위 혹은 각 가정의 뒤뜰에서 자급된다.

단 하나의 아르메니아 음식을 꼽으라면 단연 바비큐 꼬치 코라바트khoravats다. 돼지고기, 양고기, 소고기, 닭고기 순으로 선호되는데, 이시칸 코라바트ishkhan khoravats라는 세반 호수에서 잡는 송어 꼬치구이도 인기다. 케밥과 돌마, 수프, 야채 스튜, 라바쉬 등은 아르메니아 어디에서든 쉽게 접할 수 있는 음식으로, 애피타이저로는 콜드 샐러드, 오이와 펜넬을 곁들인 요구르트 야직jajik, 절인 양념 소시지인 수주크sujukh, 절인 햄 바스투르마basturma 등이 있다.

아르메니아 서부 지역은 병아리콩으로 요리한 후무스hummus와 레바논식 샐러드인 타불러tabouleh처럼 레바논 음식이나 터키 음식과 연관이 깊은데, 각 가정에서는 주로 콩과 당근, 양파, 올리브 오일을 넣은 라타투이ratatouille를 먹는다. 미식 모험가에게는 소똥 속에서 구운 감자 요리kartofel atari graki mej를 추천한다. 단, 냄새가 꽤 심하다는 것을 명심해야 한다. 반면 아르메니아 동부 지역은 러시아와 조지아 음식에서 받은 영향이 크고, 아르메니아 남부 지역은 밀 재배로 유명한데, 식품 연구자들은 이곳에서 최초의 밀 재배가 시작되었다고 추정한다.

기억 속 최고의 식당

무감Mugam은 감히 단언컨대 아제르바이잔 최고의 음식점으로 평가할 수 있는 곳이다. 과거 실크로드를 오갔던 대상들의 숙소였던 카라반사라이Caravanserai를 현대적 감각으로 리모델링해 호화로운 식당으로 꾸몄다. 열 가지 신선한 채소와 허브로 구성된 샐러드, 모둠 치즈, 견과류, 빵의 상차림으로 시작된 저녁 식사는 와인을 곁들인 돌마, 생선 요리, 케밥, 필라프의 메인 요리에 이어 후식으로 모둠 과일, 바클라바, 아이스크림, 마지막에는 홍차로 마무리된다. 이곳이 동서양이 만나는 실크로드의 요충지였던 것처럼 음식 역시 동서양의 좋은 식재료와 오랜 세월 다듬어진 레시피로 차려내는 훌륭한 미식의 상차림이었다. 식사 중에 선보이는 전통 음악과 춤 공연은 규모는 작아도 매우 훌륭했고, 서비스 또한 유럽의 유명 레스토랑과 비교해도 손색이 없었다.

우리 일행의 옆자리에서는 현지인 대가족이 식사하고 있었다. 할아버지, 할머니, 아들딸, 며느리, 사위, 손자, 손녀들까지 모두 모인 것 같았다. 대가족이 모여 식사하는 모습을 보고 있으니 '고회부처아녀손高會夫妻兒女孫', 가장 좋은 모임은 부부와 아들딸 손자 손녀가 함께하는 것이라는 추사의 글귀가 떠올랐다. 좋은 영화는 관객이 영화 관람을 마치고 극장을 나오면서 시작된다고 한다. 마찬가지로 여행에서 만난 좋은 식당이란 여행을 다녀와서도 기억 속에 남아 있는 식당이 아닐까?

MEYVƏLƏR

음식은 합법적 도취의 수단

마리화나 판매의 합법화

남미의 우루과이 정부가 2017년 7월부터 마리화나대마초의 약국 판매를 허용했다. 2014년 5월 전 세계 국가 중 처음으로 마리화나 합법화를 공포한 이래 3년간의 준비 기간을 거쳐 약국 판매를 시행한다는 것으로, 이는 국가 단위로는 전 세계 최초의 유일한 정책이다. 이에 따라 18세 이상의 우루과이 국민은 약국에서 마리화나를 1인당 월 40g까지 구매할 수 있고, 판매 가격은 마리화나 1g에 22페소약 740원다.

대한민국에서는 마리화나가 금지 마약류로 분류되지만, 상당수의 나라가 이를 제한적으로 허용한다. 가장 큰 이유는 환각 작용과 중독성이 없으며, 의식을 차분하게 가라앉혀 폭력성이 수반되지 않는 대표적인 다운 필down feel 마약이기 때문이다. 마약의 가장 큰 부작용은 독성과 의존성중독성인데, 마리화나의 경우 담배나 술보다 이 두 가지 부작용이 낮다. 미국 대학가에서 마리화나가 일탈 행위의 하나로 취급되기 때문에 상당수 학생이 대마초를 피워보았거나 최소한 냄새를 맡아본 경험을 가지고 있다.

사람들이 마약에 탐닉하게 되는 이유는 빠르게 흥분과 환각으로 이끄는 약물 작용 때문이며, 이를 통해 일종의 도취 상태에 이르기 때문이다. 예술이 존재하기 위한 필수 조건으로 독일의 철학자 니체는 대상에 마음이 도취하는 특정한 생리적 전제가 필요하다고 했다. 아름다움에 대한 도취는 인간의 자연스러운 감정이다. 도취에 이르기 위한 방법은 여러 가지가 있을 수 있다. 명상, 수련, 금식 등을 통해 우리의 의식을 도취로 가져갈 수 있지만, 가장 빠르고 직접적인 방법은 취하게 하는 물질의 섭취다. 그중 지금까지 인류가 가장 널리 이용할 수 있었던 것은 술을 마시는 것이었다.

음식의 중독성

우리는 하루 세 끼를 먹는다. 소설가 김훈은 임진왜란을 배경으로 한 그의 소설『칼의 노래』에서 매일 어김없이 찾아오는 먹는 일, 끼니에 대한 어려움과 두려움을 다음과 같이 노래했다.

> "끼니는 어김없이 돌아왔다. 지나간 끼니는 닥쳐올 단 한 끼니 앞에서 무효했다. 먹은 끼니나 먹지 못한 끼니나, 지나간 끼니는 닥쳐올 끼니를 해결할 수 없었다. (중략) 먹든 굶든 간에, 다만 속수무책의 몸을 내맡길 뿐이었다. 끼니는 칼로 베어지지 않았고 총포로 조준되지 않았다. 헤아릴 수 없이 많은 끼니들이 시간의 수레바퀴처럼 군량 없는 수영을 밟고 지나갔다."

음식에 대한 식욕은 DNA에 새겨진 욕망의 중독이자, 우리의 일상에 하루 세 차례 어김없이 찾아오는 생리적, 문화적 중독의 식습관이다. 사람이 음식을 자기 몸에 필요한 양만큼만 먹는다면 우리는 절대로 비만해질 염려가 없다. 하지만 우리는 생존에 필요한 양보다 30% 정도 더 먹도록 DNA에 입력되어 있다. 수렵이 주요 식량 공급원이던 원시 시절 지속적인 사냥에 성공하기가 쉽지 않아 굶을 때를 대비한 몸의 대비책 같은 것이다. 오늘날 이 30%를 절제하고 적게 먹으면 건강하고 장수할 수 있다고 한다.

그런데 이 30%를 절제하기가 쉽지 않다. 세상에서 가장 끊기 힘들다는 마약, 도박, 술도 음식에 대한 욕망인 식욕보다는 약하다. 식욕은 DNA에 새겨진 욕망의 중독이자 문화적인 중독이고 영혼에 새겨진 중독이다.

인생에서 가장 중요한 것

영국의 록 밴드 블러의 기타리스트였던 알렉스 제임스는 젊은 시절 노래를 부르고 기타를 연주하던 뮤지션에서 치즈를 만드는 장인으로 변신했다. 그의 이름을 딴 브랜드Alex James Presents로 판매되는 치즈들은 영국과 세계적인 치즈 품평회에서 여러 차례 수상한 바 있는 최고급 명품 치즈다. 그는 "내 스무 번째 생일은 술을 빼면 아무것도 아니었고, 서른 번째 생일에는 마약이 전부였다. 이제 마흔인 내게 가장 중요한 것은 음식임을 깨닫게 되었다"라고 말한 바 있다.

사람들은 단순히 먹기만 할 뿐 아니라 먹는 음식을 사진에 담아 SNS에 퍼뜨려 음식을 통한 도취 경험흥미, 위로, 자부심, 성취, 축하, 즐거움을 공유한다. 음식은 이제 술, 담배, 마약을 제치고 합법적으로 도취할 수 있는 가장 멋진 수단으로 최고의 지위를 차지하고 있다. 우리 인간에게는 '영원한 승리의 그 날까지Hasta La Victoria Siempre' 오직 먹고 마시는 일만이 남아 있다.

미식의 종착지

마지막 미식 여행의 목적지는 일찌감치 쿠바로 정했다. 그 이유는 무엇보다 쿠바라는 나라가 가진 매력 때문이었고, 또 다른 이유는 쿠바의 유기농업 현장을 보고 싶다는 요청 때문이었다. 쿠바는 직항편이 없어 한국 여행객 대부분은 멕시코시티를 경유해서 쿠바를 방문한다.

멕시코는 마야 문명, 아즈테카 문명의 거점으로 번영했던 역사, 문화, 유적들이 다양하고, 음식 문화 역시 2010년 '요리Cuisine'라는 주제로 세계문화유산으로 등재될 만큼 깊이가 있다. 음식으로만 보면 최종 목적지인 쿠바보다 멕시코가 더 적합할 수도 있다.

SEASON OF INSECT

멕시코시티에서 첫 방문지는 국립 인류학 박물관이다. 세계 3대 인류학 박물관이자 중남미 최대, 최고의 컬렉션을 갖춘 곳으로 멕시코시티를 방문하는 관광객은 반드시 들르는 곳이다. 오전 시간을 모두 이곳에서 보냈지만, 규모가 크고 방대한 만큼 주마간산으로 볼 수밖에 없었다. 박물관 내부의 ㅁ 자 중앙광장 한복판에는 건축가 라미레스 바스케스가 설계한 '우산'이라 불리는 거대한 외기둥 조형물이 있다. 사각형 지붕은 뜨거운 햇볕을 가려주고, 폭포처럼 쏟아지는 물줄기는 바람과 물보라를 일으킨다. 차양이자 우산이며, 에어컨 역할까지 하면서 자연스레 휴식 공간을 만드는 멋진 건축물이다.

점심은 멕시코시티 한복판에 있는 식재료 재래시장 산후안 마켓에서 하기로 했다. 각자 시장을 구경하면서 먹고 싶은 것을 자유롭게 먹을까 했는데, 낯선 곳에서의 첫 식사인 만큼 일행 모두가 함께하기로 했다. 우리가 선택한 식당은 시장 입구에 있는 작고 허름한 타코 음식점이었다. 타코taco는 영국의 BBC가 2017년 세계 음식 트렌드 1번으로 지명한 멕시코의 대표 음식이자 거리 음식이다. 옥수수로 만든 베이스에 고기, 해물, 채소, 견과류 등을 넣고 다양한 소스를 부어 먹는 음식으로 다채로운 변주가 가능하다.

저녁은 시내 중심가에 있는 파인 다이닝 리모스네로스 Limosneros로 정했다. 이 식당 메뉴의 하이라이트는 곤충으로 만든 각종 애피타이저인데, 메뚜기를 넣은 몰카헤테 소스molcajete sauce, 용설란 벌레를 올린 콘 틀라코요corn tlacoyo, 치즈에 딱정벌레를 한 마리씩 올린 코코파체스cocopaches, 멕시코 사람들이 사막의 캐비어로 부르는 개미 알을 볶아서 만든 에스카몰레escamoles 등 일반 식당에는 없는 특별한 음식들을 맛볼 수 있다.

평소 익숙하지 않은 식재료에 놀랄 만도 한데 일행 모두가 이 음식들을 전부 먹어보기를 희망했다. 그 기세에 식당에 있는 멕시코 현지인들마저 놀라는 기색이 역력한 색다른 경험의 저녁 식사였다. 물론 메인으로는 소고기와 문어, 디저트로는 아이스크림을 먹었다. 멕시코의 고급 식당들은 건기에 'Season of Insect'라는 캐치프레이즈를 걸고 이 같은 애피타이저를 판다.

옥수수의 힘

멕시코시티의 둘째 날 오전은 아즈테카 문명 유적지인 테오티우아칸을 방문했다. 엄청난 규모의 면적에 헤아릴 수 없는 숫자의 돌을 정밀하게 쌓아 올린 피라미드는 실로 경이로웠다. 남미의 안데스 지역에 이 같은 신전 건축을 세울 수 있었던 것은 옥수수maize라는 문명 작물이 있었기에 가능했다.

남미 문명의 특징은 신정 정치로 태양의 아들 잉카와 그 밑에 관료, 그리고 태양신에 절대복종하는 주민들이다. 15세기 유럽 지역의 밀 농사는 봄에 한 알을 심으면 가을에 다섯 알을 수확했고, 동양의 벼농사는 한 알을 심으면 그 50배를 수확했다. 반면 옥수수는 한 알을 심으면 최소 100배, 최대 800배까지 수확이 가능했고, 사람 손이 거의 가지 않기 때문에 필요한 인력을 마음대로 징발해서 사업을 벌일 수 있었다. '옥수수로 인간을 빚었다'고 믿는 멕시코인들은 옥수수라는 문명 작물을 통해 이 거대한 신들의 고대 도시를 지을 수 있었다.

저녁 식사는 멕시코시티의 신도시 지역에서 가장 유명한 식당 로스 단찬데스Los Danzantes에서 했다. 이곳은 서울의 도산공원 근처 식당 같은 분위기를 풍긴다. 이곳의 대표 메뉴인 염소 치즈와 오악사카 치즈, 치포틀레 고추를 후추 잎으로 싸서 소스를 뿌린 오하산타hoja santa, 멕시코 전통 소 혀 요리 렝구아 엔 쿠네테lengua en cunete를 주문하고, 여기에 멕시코 대표 증류주 테킬라와 용설란 벌레를 넣어 만든 증류주 메즈칼mezcal을 곁들여 마셨다. 훌륭한 요리와 좋은 술이 더해지니 여행의 즐거움이 더욱 커진다.

쿠바의 수도 아바나

아바나의 구시가지 산 프란시스코 광장에 도착했을 때 마침 한 무리 여성들의 성인식이 치러지고 있었다. 쿠바에서는 열다섯 살을 가장 예쁜 나이로 생각해 부모들이 무리해서라도 성인식을 화려하게 치러주는데, 이 여성들은 소녀 시절에 그 기회를 놓쳐 나이가 들어 뒤늦게 성인식을 축하하는 자리였다. 열다섯 살 소녀처럼 해맑게 웃는 그들의 모습은 자유분방하고 거침이 없다.

한때 헤밍웨이가 머물며 『누구를 위하여 종은 울리나』를 집필했다는 암보스 문도스Ambos Mundos 호텔의 로비에는 헤밍웨이의 친필 서명과 사진들이 걸려 있다. 이 호텔의 옥상 레스토랑에서는 기타 연주를 들으며 모히토를 마실 수 있는데, 아바나에서 누릴 수 있는 최고의 호사 중 하나로 손꼽힌다. 이곳에서 모히토를 마시며 창작 영감을 불태웠을 헤밍웨이처럼 우리도 한 잔의 모히토를 마시며 마지막 미식 여행지인 쿠바 도착을 기념했다.

아바나에서의 첫 저녁 식사는 아바나 비에하올드타운에 있는 팔라다 로스 메르카데레스Paladar Los Mercaderes에서 했다. 꽃잎이 뿌려진 계단을 올라 2층 입구에 들어서면 밝고 화려한 공간에 바이올린 연주가 울려 퍼진다. 론리플래닛 쿠바 가이드 설명에 따르면, 이곳은 쿠바에서 음식과 서비스가 가장 세련된 곳에 속한다. 달콤한 돼지갈비, 김치찌개 비슷한 맛이 나는 참치 요리 등 모든 요리가 훌륭했고 입맛에 잘 맞았다. 무엇보다 이날 저녁 식사에서는 럼주가 대인기였다. 모두 럼주의 매력을 쿠바에 와서 새롭게 깨달았다며, 쿠바에서의 첫날 밤 우리는 7년산 럼주를 병째로 주문해 마셨다. 현지인 가이드 알도는 소매가격이 12페소 정도인 럼주를 식당에서 80페소나 받는다며 경악했다. 이후 깨달은 사실인데, 쿠바의 음식과 가장 잘 어울리는 술은 럼주였고, 그 가격 또한 천차만별이었다. 쿠바산 럼주는 쿠바 여행의 즐거움을 배가시킨 최고의 술이었다.

영혼이 담긴 술

다음 날 아침 우리가 방문한 곳은 바로 럼주 공장 아바나 클럽 Havana Club이었다. 전날 저녁 맛본 럼주 덕에 럼주에 대한 일행들의 관심이 급격하게 높아져 있었다. 아바나 클럽에서 생산되는 럼주 '아바나 클럽 7년'은 쿠바 사람들뿐 아니라 블룸버그에서 '미국 럼 애호가들의 성배'로 묘사될 만큼 맛과 향이 뛰어나다.

콜럼버스가 향신료에 대한 열망으로 신대륙에 도착한 이후, 신대륙에서 가장 번성한 데다 인류 역사상 가장 부끄러운 사건은 사탕수수 농장을 만들어 설탕을 만드는 산업이었다. 16세기부터 대략 1,500만 명의 아프리카인들이 신대륙으로 수송되었고, 그중 300만 명은 도중에 죽은 것으로 추산된다. 이들 대부분은 사탕수수 농장에서 일했고, 이들의 강제 노역을 통해 설탕이 만들어졌다. 18세기 후반 유럽으로 수입되는 상품의 5분의 1이 설탕이었고, 그 대부분은 카리브해 지역에서 생산된 것들이었다. 카리브해 전 지역에서는 사탕수수로 설탕을 제조하고 남은 부산물인 당밀이 넘쳐났다. 이곳 사람들은 그 당밀을 발효하고 증류, 숙성해 럼주를 만들었고, 그렇게 만들어진 증류주 럼주는 태생부터 카리브해와 신대륙 서민들의 술이었다.

럼주 공장에는 과거 노역에 시달린 노예들의 사진과 반항하지 못하게 채웠던 노예들의 입마개 등이 전시되어 있다. 그것을 보고 있으면 럼주에는 아프리카에서 끌려온 사람들의 혼이 담겨 있다는 생각이 든다. 어쩌면 이 술을 그토록 매혹적으로 만든 것은 바로 '그들의 영혼'이 아닐까.

VIVA CUBA!

럼주 공장을 나와 이번 여행지의 이유이기도 했던 쿠바의 유기농 농장 오르가노포니코스Organoponicos를 방문했다. 공산 혁명 이후 미국의 봉쇄 조치로 오랜 시간 쿠바의 농업 시스템은 소련의 원조로 유지되고 있었다. 하지만 1991년 구소련 붕괴 후 비료와 농약 지원이 끊기면서 쿠바의 경제는 40%까지 추락했다. 피델 카스트로는 이 위기 상황을 평화의 시대에 찾아온 '특별한 시기Special Period, 1991~1993'로 선언했다. 고난의 행군 시기로도 불리는 심각한 식량 위기를 맞은 이 3년 동안 쿠바 전체 국민의 몸무게가 3분의 1이나 줄었다고 한다.

모든 농산물을 유기농으로 키울 수밖에 없는 환경에 처한 쿠바인들은 소련 붕괴로 찾아온 경제 위기를 해결하는 방안으로 자급을 택했다. 비료와 농약 없이 농사를 지을 수 있도록 모든 농업

시스템을 지역 자원을 활용한 유기농으로 바꾸었다. 현재 쿠바에는 약 6,000개의 유기농 농장이 있으며, 전 세계에서 가장 앞선 유기농 선진국이다. 그야말로 전화위복이다. 쿠바 만세!

낡은 외투를 먹다

저녁 무렵 '체 게바라의 도시'로 유명한 산타클라라에 도착했다. 시내 중심가에 있는 비달 광장에서 버스를 내려 각자 자유롭게 저녁 식사를 할 수 있도록 1인당 25페소씩 나눈 뒤 흩어졌다. 함께하겠다는 몇 분과 함께 가이드북에서 미리 찾아둔 음식점으로 갔다. 그곳은 산타클라라에서 유명 맛집으로 꼽는 플로리다 센터의 '숲속의 레스토랑'이라는 곳이었다.

우리는 소고기를 잘게 찢어 토마토소스와 마늘, 후추, 양파 등으로 양념한 전통 쿠바 요리인 로파 비에하ropa vieja와 랍스터를 주문했다. 로파 비에하는 단어로만 해석하면 '낡은 외투'라는 뜻인데, 소고기를 잘게 찢은 모양에서 그런 이름이 지어졌다고 한다. 숲속처럼 꾸며진 우아한 분위기 속에서 우리 입맛에 맞는 음식들을 먹고 나니 다른 분들은 식사를 잘했는지 걱정이 되기도 하고 이 맛있는 음식을 함께 맛보지 못한 게 미안하다는 생각이 들었다.

50년 앞선 친환경 생태 마을

라스 테라사스는 유네스코가 1985년 쿠바 최초 생물권 보존 지역Unesco Biosphere Reserve으로 지정한 곳이다. 1800년대 식민지 시절의 대규모 커피 농장들이 브라질로 옮겨가면서 삼림은 황폐해지고 마을 공동체가 무너졌다. 쿠바인들은 삼림의 생태학적 비용의 중요성을 인식하고 1968년 환경 복구 사업을 시작했다. 당시 경제 개발을 시작한 한국은 환경에 대한 인식이 전무할 때였고, 서구 사회 역시 소수의 사회 이탈자들이 모여 초기 환경 운동을 시위 모임으로 하던 시절이었다.

환경 복구 사업 프로젝트는 성공적이었고, 그 결과 라스 테라사스는 세계적인 생태 마을이 되었다. 이곳에서는 마을 주민 1,200명이 거주하면서 마을 공동체가 소규모의 유기농을 함께 짓고, 채식 레스토랑과 공예품점, 예술인 공방, 환경친화적 호텔 모카Hotel Moka를 운영하고 있다.

나에게 라스 테라사스의 인상은 두 가지였다. 첫 번째는 마을 전체의 넓은 공간에 다양한 가금류와 동물들이 함께 뛰놀고 있는 것이었다. 닭과 병아리, 오리, 고양이와 개, 돼지, 조랑말, 심지어 야생 조류들이 싸우지 않고 함께 어울리고 있었다. 두 번째는 조류 탐사로 유명한 이 지역을 둘러보는 북미 지역 단체 여행객들의 모습이었다. 저마다 커다란 망원경들을 들고 조용히 지켜보다가 뭔가 할 이야기가 있으면 속닥속닥 이야기하는 그들에게서 품격이 느껴졌다.

그러고 보니 품격 하면 미식 여행을 함께한 일행을 빼놓을 수 없겠다. 환경 친화적으로 지어진 오래된 호텔 숙박의 불편함에도, 무리한 일정과 힘든 여정에도 단 한 번의 불평 불만 없이 함께해준 미식 여행단 여러분께도 감사드린다. 미식 여행단 만세!

집밥의 진실

집밥은 시시하다

집에서 먹는 일상의 음식. 소위 집밥은 밖에서 먹는 음식처럼 화려하지 않다. 오늘날 우리는 스펙터클 사회, 모든 문화가 포르노화되는 시대에 살고 있다. 미디어에서 화려하게 보이는 음식은 먹기 위한 음식이 아니라 보여주기 위한 음식 포르노일 뿐이다.

집밥은 지루하다

우리는 매일 세 끼 식사를 한다. 오랫동안 수렵과 채집 시대를 살아온 우리의 DNA는 늘 새로운 것을 원하지만, 하루 세 끼 식사는 문화적 중독이다. 그래서 조상 대대로 오랜 세월 먹어온 음식 중 가장 안전하고, 맛과 가성비가 뛰어난 음식을 반복해서 찾는다.

집밥은 잔치가 아니다

잔치에서 우리는 베풀거나 대접을 받는다. 잔치는 낯선 사람에게도 친절하고 배불리 먹게 해준다. 주인은 무리해서라도 넉넉히 음식을 내고 손님들은 십시일반 비용을 보탠다. 그러나 잔치가 끝나 일상으로 돌아가면 계산을 한다. 과했다 싶으면 마음이 쓰리다. 일상은 쫀쫀하다.

집밥은 외식과 다르다

외식의 중심은 맛이다. 맛에서 뒤처지면 다른 어떤 분야의 높은 평가도 소용없다. 반면 집밥의 중심은 맛보다는 좋은 음식이다. 종종 듣게 되는 "남이 해주는 밥은 모두 맛있다"라는 이 말은 사실이다.

집밥은 시詩가 아니다

시적인 순간에 비하면 하루하루 삶에 목을 맨 나의 일상은 비루하다. 하긴 메마른 삶에도 잠깐 시적인 순간이 찾아온다.

난데없이 추억에 잠기기도 하고 문득 오래전 쓰기를 멈췄던 일기장을 다시 펼치기도 한다. 지평선 너머, 혹은 밤하늘의 별을 바라보며 광막한 공간과 아득한 시간 속에서 덧없는 나의 시공간을 잊을 때도 있다. 그러나 시심이 밥 먹여주지는 않는다. 밥을 위해 우리는 시를 잊어야 한다.

집밥은 여행이 아니다

일상은 여행이 아니다. 여행에서와 같은 홀가분함이 일상에는 없다. 여행자가 되어 차창 밖으로 스쳐 가는 풍경을 무심히 바라보면 좋다. 거리를 두고 보면 삶의 자잘한 모습은 정겹다. 하지만 일상 속에서 우리는 스스로 무심히 바라볼 수 없다. 그럴 틈도 없다. 바쁘다. 약속과 할 일 사이에서 집밥은 우리를 매어 붙든다.

집밥은 고된 일의 반복이다

매일 밥을 차리는 일은 고되다. 고된 일의 반복이다. 운동선수나 음악가의 일상은 반복으로 채워져 있다. 같은 동작을 수백 번 한 결과가 체조 선수의 연기고, 같은 패시지를 수천 번 반복한 결과가 피아니스트의 연주다. 보고 듣는 사람들에게는 순간적으로 나타나는 멋진 동작이고 황홀한 소리지만, 그 빛나는 순간은 일상의 고됨을 통해 이루어진다. 집밥은 고됨의 반복이다.

집밥은 진실한 음식이다

편도암 수술을 받은 환자가 말했다. "수술 후 물 한 모금 삼키는 데 5분 걸렸습니다. 그때 알았죠. 물 한 모금을 시원하게 마실 수 있으면 감사하고 살아야 한다는 것을." 우리는 일상을 통해 살며, 그 일상은 뺄 것도 더할 것도 없는 진실한 집밥 때문에 가능하다.

집밥은 음미해야 한다

알렉산드르 솔제니친의 『이반 데니소비치의 하루』에서 혹한의 강제수용소에 갇힌 이반은 한 조각의 빵을 소중히 씹으며 옛일을 후회한다. "그렇게 감자를, 고기를 마구 먹어대는 것이 아니었다. 음식은 그 맛을 음미하면서 천천히 먹어야 하는 법이다. 입안에 조금씩 넣고 혀끝으로 이리저리 굴리면서, 침이 묻어나도록 한 다음에 씹어야 한다."

집밥은 최고의 미식이다

미식에 대한 많은 의견 중 가장 마음에 와닿는 생각은 "이 세상에는 어머니의 숫자만큼 미식이 존재한다. 엄마가 아기에게, 가족들에게 해주는 밥보다 위대한 미식이 존재하는가?"

(위 내용은 작곡가 이건용의 〈일상을 바라보는 열 개의 시선〉을 패러디해서 쓴 글입니다.)

미식 여행을 마치다

은밀하게 위대하게

산 크리스토발San Cristobal 레스토랑은 오래된 건물들이 늘어선 아바나의 구시가지, 그것도 제대로 된 가로등 하나 없는 어두컴컴한 골목길 한가운데에 있다. 1492년 아메리카 대륙에 처음 도착한 탐험가 크리스토퍼 콜럼버스의 이름을 딴 곳이다. 론리플래닛 쿠바 가이드는 이 레스토랑을 "쿠바와 아프리카, 스페인의 식재료와 맛이 섞여 있는 곳으로, 추천 메뉴는 '하몽 세라노와 여섯 종류의 치즈'가 담긴 푸짐한 전채 요리와 스테이크 등이며, 훌륭한 음식을 즐기며 헤밍웨이를 떠오르게 하는 동물 박제들을 감상할 것"이라고 소개한다. 물론 아바나에서 반드시 들러야 할 레스토랑으로 특별 추천을 해놓았다.

이 레스토랑은 2016년 3월 미국 대통령 오바마가 쿠바를 방문했을 때, 이곳에서 부인, 두 딸들과 함께 식사하면서 유명세가 더해졌다. 전 세계에서 예약이 밀려드는 산 크리스토발 레스토랑에 예약하기 위해 나는 쿠바로 가기 3개월 전부터 몇 차례 전화해서 20명의 좌석을 예약할 수 있었다. 노력에는 언제가 대가가 있는 법, 우리 일행은 오바마 대통령이 가족들과 함께 식사했던 방에서 저녁 식사를 하는 호사를 누릴 수 있었다. 이 방은 레스토랑에서 가장 좋은 방이자 역사가 담긴 명소였다. 이곳을 다녀간 수많은 명사의 사진과 기념품들, 그리고 오바마 미국 대통령의 가족사진이 여러 장 걸려 있었다. 음식은 훌륭했고, 서비스 또한 세련되었는데, 그들에게서 세계적 유명 인사들을 접대했다는 자부심이 엿보인다.

여행을 하다 보면 처음에는 부부끼리 앉아 식사하지만, 2, 3일이 지나면 여성들은 금방 친밀해지고 순식간에 서열도 정해진다. '언니'라는 호칭이 들리기 시작하면 남자들은 따로 앉도록 무언의 압력을 받는다. 소위 남학생반과 여학생반으로 나뉘고 여학생반에서는 식사 때마다 남편 흉보기가 시작된다.

산 크리스토발 레스토랑에서의 저녁은 10박 11일간의 쿠바

미식 여행의 마지막 식사였다. 더구나 2012년 여름 터키 여행을
시작으로 지난 6년 동안 이어져 온 미식 여행을 마무리하는 마지막
저녁 만찬이라는 점에서 더욱 특별한 날이었다. 그리고 그날 밤
남성들만 모인 소위 남학생반의 식탁에서는 여성들 모르게 특별한
와인 한 병을 주문했다. 오바마가 마셨다는 스페인산 와인
산 크리스토발을 마시면서 남성들은 마지막 날을 은밀하게 위대하게
기념했다.

식사 도중 간간이 다른 나라에서 온 관광객들이 우리가
식사하는 방을 기웃거리며 명사들이 다녀간 실내를 보고 싶어 했다.
그러면 우리는 너그러운 미소를 보내며 "플리즈 캄인, 테이크 픽처스"
같은 용어를 남발하며, 마치 우리가 이 방의 주인인 것처럼 행세했다.
이 방 벽에는 유명 인사들의 사진들과 기념품들이 마치 전시장처럼
걸려 있다. 그중에는 미국의 영부인 미셸 오바마의 서명이 담긴
백악관에서 보내온 공식 감사 편지가 있었다. 이곳을 다녀간 지
두 달 뒤에 백악관 이름으로 보내온 편지는 짧지만 진정성 담긴
감사의 내용을 담고 있었다. 소프트 파워로 세계를 이끌어 간
멋진 대통령 부부에 새삼 감동했다.

음식 풍경

처음 만난 사람들과 친숙해지는 방법은 함께 식사하는
일이다. 마찬가지로 한 나라의 대통령이 다른 나라를 방문해서 상대

국민들을 감동하게 하는 최선의 방법은 그 나라의 음식을 먹는 일이다. 그 나라 국민들이 즐겨 먹는 고유 음식을 함께한다는 것은 "당신들 음식에 담겨 있는 역사와 정체성을 나의 몸으로 경험하며 존중한다"라는 의미를 전달하는 가장 효과적인 수단이기 때문이다.

그런 면에서 오바마 전 대통령은 방문하는 나라의 식당과 음식 선정에 세심한 배려를 하는 지도자였다. 베트남 하노이를 방문해서는 서민 음식점에 들러 베트남 사람들의 자부심이 담긴 대표 음식 분차buncha, 구운 돼지고기와 쌀국수를 달콤한 국물에 담가 먹는 음식를 먹었고, 일본 도쿄에서는 초밥집에서 아베 총리와 함께 일본 음식 문화의 자존심인 스시를 먹었다. 비록 그것이 사전에 조율된 '고도의 연출'일지라도 방문하는 국가의 현지 음식점에서 그 나라 사람들이 즐기는 음식을 먹는 행위는 정치를 뛰어넘어 그 나라 국민들 마음에 더할 수 없는 친근감과 감동을 주었다.

2017년 12월 문재인 대통령이 북경을 방문했을 당시 대통령 내외가 서민 식당에서 유탸오油条와 중국식 두유 더우장豆漿으로 아침 식사를 했다는 뉴스를 접했다. 이를 두고 "중국 서민들의 아침 식사早餐를 체험하며 마음으로 중국인들에게 다가갈 기회를 가졌다"는 정부 발표와 동시에 "국빈 방문한 문재인 대통령이 '의전 홀대'를 받으며 '혼밥'했다"는 야당 측 비난을 받았다. 뒤이은 2018년 3월 베트남 방문 시 하노이의 한 식당에서 쌀국수로 아침 식사를 한 대통령 부부의 모습은 "소탈한 행보를 통해 베트남 국민들과 편하게 만나는 기회"를 가졌다고 보도되었다.

대한민국 국민이 접한 음식과 정치가 만나는 최고의 순간은 2018년 4월 27일 판문점 평화의 집에서 열린 남북정상회담일 것이다. 북한 김정은 국무위원장의 "어렵사리 평양에서부터 평양냉면을 가지고 왔는데 대통령께서 편한 마음으로 평양냉면을 드셨으면 좋겠다. 멀리 온, 멀다고 말하면 안 되갔구나. 어쨌든 맛있게 드셨으면 좋겠다"는 발언과 함께 회담 참석자들이 평양냉면을 먹는 장면이 전 세계에 중계되었다. 음식 측면에서만 보면 이날 정상회담을 위해 남한 측이 '땅과 바다, 평화의 스토리'를 담아 준비했다는 스위스식 감자전, 달고기, 민어해삼편수, 오리농법 쌀로 지은 밥, 숯불구이, 문어로 만든 냉채 요리와 망고무스 디저트는 옥류관 평양냉면 앞에서 두 손 들고만 셈이다.

마지막 만찬

산 크리스토발 레스토랑에서의 저녁은 2012년 여름 터키 여행을 시작으로 지난 6년 동안 이어져 온 미식 여행을 마무리하는 저녁 식사이자 10박 11일간의 쿠바 미식 여행의 마지막 저녁 식사였다. 다양한 식재료를 스페인, 쿠바 스타일로 조리한 음식에 와인과 럼주를 곁들이고 디저트와 향미 깊은 쿠바 커피까지 마시고 나니 웨이터가 '쿠바산 시가'를 하나씩 나눠주었다. 금연가였던 우리는 그날만큼은 기꺼이 시가에 불을 붙였다. 담배를 끊은 지

27년 만에 처음으로 쿠바산 시가의 담배 연기를 입안 가득 담아 보았다.

쿠바의 역사를 담고 있으면서 스페인, 아프리카, 쿠바 원주민들의 식재료와 조리법이 공존하는 산 크리스토발 레스토랑은 미식 여행 마지막 음식점으로는 최적의 장소였다. 이곳에는 유럽, 아프리카, 아메리카 세 대륙의 정치, 경제, 역사, 문화가 음식에 담겨 있다. 그리고 이 음식들에는 우리의 김치, 비빔밥, 국밥, 막걸리, 호떡처럼 역사와 장소, 선조들의 혼이 고스란히 담겨 있다. 음식은 문화의 한 단면이지만, 모든 문화를 담는 그릇이기도 하다.

Mi
Mercado
SAN JUAN
Refresco

AGUAS
JUGOS
Y COCAS
$10
VIVE 100
JUGOS
COCAS
AGUAS
$10

EL CORREO

469
PALADAR
SAN CRISTOBAL
adidas

음식 인문학

음식은 인문학인가

인문학人文學, humanities은 인간에 대한 탐색과 인간답게 사는 삶을 연구하는 학문이다. 따라서 인간의 생명을 유지하기 위한 필수 조건인 음식은 당연히 인문학에 속할 수밖에 없다. 사람들은 자신이 사는 지역의 자연에서 제공하는 식재료를 먹으며 요리를 통해 지역 특색 음식으로 발전시켜왔다. 사람이 자연에서 얻는 식재료 자체는 문화가 아니다. 식재료를 구하는 방법, 요리하는 방법, 먹는 방법은 문화이며, 그러한 문화가 사람들을 다른 동물과 구별하는 음식 문화다. 그리고 음식 문화는 곧 인문학이다.

요리가 우리를 만든다

한 가정의 음식에는 그 집안의 내력이 담겨 있다. 가족의 역사, 살아온 환경, 대물림해온 요리와 제례 등이 담겨 있고, 먹는 음식은 영양 상태와 건강 정보의 지표가 될 수 있다. 마찬가지로 한 나라의 음식에는 그 나라의 역사, 자연 환경, 주요 작물과 요리법, 음식 문화 등이 담겨 있다. 사람들이 살아온 삶의 역사가 오롯이 담겨 있는 것이 음식이고, 대대로 전해온 음식을 먹으며 다음 세대가 형성되고 성장하며 성숙한다.

음식에서 가장 많이 인용되는 "You are what you eat", 즉 당신이 먹는 것이 당신 자신이라는 이 말의 의미는 영양 풍부한 좋은 음식을 먹으면 육체적으로, 정신적으로 건강해질 수 있고, 그렇지 못할 경우는 모든 것을 잃을 수도 있다는 뜻을 담고 있다. 한마디로 음식이 우리를 만들고 모든 것을 좌우할 수 있다는 것이다.

국가의 경우도 마찬가지다. 브리야 샤바랭은 "The future of a nation depends on how it feeds itself", 한 나라의 운명은 그 나라가 식생활을 영위하는 방식에 달려 있다고 자신의 저서 『미식 예찬』에서 언급한 바 있다. 동서양의 역사에서 육류를 주로 섭취하는 유목 국가와 채식 중심의 농경 국가 사이에 벌어졌던 전쟁들을 살펴보면 영양 섭취가 월등한 유목 국가들이 승리한 경우가 대부분이다.

음식의 역사가 인류의 역사다

인류가 먹어온 음식은 곧 인류의 역사다. 세계 각 지역에서 주식으로 섭취한 대표적인 문명 작물을 예로 들자면 밀, 벼, 옥수수 등이 있다. 밀을 재배하는 지역에서는 다양한 종류의 빵을 만들어 먹었고, 벼를 재배하는 곳에서는 쌀로 된 음식을 섭취했다. 남미 문명에서는 옥수수가 문명 작물 역할을 해왔다.

16세기 스페인, 포르투갈 사람들이 항해 탐사를 시작하며 대항해 시대를 열게 된 계기는 향신료에 대한 열망이었다.
유럽인들이 아메리카 신대륙에 진출하며, 두 대륙 간에 이루어진 식재료의 교류는 음식 역사뿐 아니라 세계 역사에 엄청난 변화를 가져왔다.

옥수수, 감자, 고구마, 초콜릿, 땅콩, 바닐라, 토마토, 고추, 피망, 파인애플, 파파야 등이 신대륙에서 유럽, 아시아, 아프리카로 전해졌고, 밀, 보리, 쌀, 사탕수수, 바나나, 이집트콩, 커피, 채소 등이 신대륙으로 전해졌다. 전 세계적으로 이루어진 식재료의 교환은 각 지역에 새로운 음식 문화를 만들어냈다. 칠레의 고추는 인도의 카레, 한국의 김치에 통렬한 매운 맛을 만들어냈고, 감자는 유럽 여러 나라는 물론 네팔까지 전파되어 서민들의 주요 식량이 되었다.

음식의 서사시

인류와 역사를 함께한 식재료는 수없이 많다.
유엔식량농업기구FAO에 따르면 지구상에 식용 가능한 식재료로는 25만에서 30만 종의 식물, 6만 2,000종의 동물, 4만 2,500종의 버섯류, 그 외에 곤충류가 존재한다. 이 가운데 인류의 주요 식량 자원으로 200종의 식물이 재배되어왔고, 40종의 가축과 가금류가 사육되어왔으며, 대부분의 어류는 오늘날까지 포획해서 먹는다.
인류와 역사를 함께해온 주요 식재료는 다양한 음식과 요리로 발전되면서 음식 문화를 만들어냈고, 또 다른 문화와 문명을 이끌어온 견인차가 되었다.

2008년에 방영되었던 KBS의 7부작 다큐멘터리 〈누들 로드〉는 중국 신장 고고학 박물관의 2,500년 전 국수부터 영국 런던의 국수 전문식당 '와가마마'까지 국수의 역사와 아시아, 아프리카, 유럽, 중동 등 10개 나라의 국수를 주인공으로 한 음식사와 문명사를 담고 있다.

커피를 인류 역사와 함께한 주인공의 관점에서 서사적으로 기록한 하인리히 에두아르트 야콥의 『커피의 역사』에 따르면, 커피라는 음료가 인류의 문명에 얼마나 큰 역할을 해왔는지 알 수 있다. 6~7세기 에티오피아에서 목동이 우연히 발견한 커피 열매는 15세기에 이르면 이슬람권 성직자들의 잠을 쫓는 음료가 되었고, 이슬람 사회의 토론 문화에 기여했다. 17세기 술에 절어 있던 유럽 각국에 전파되면서 처음에는 의약품으로 사용되었고, 프랑스 파리에서 카페 문화, 영국에서는 토론 문화의 시발점이 되었다. 18세기에 이르면 카페에서 지식인과 노동자들이 만나면서 계몽주의 견인차 역할과 문학, 예술, 철학을 고양시킨다. 19세기 산업혁명 시대에는 도시 노동자들의 각성과 에너지 음료로 수요가 늘면서 유럽 각국들은 앞다투어 식민지에 대규모 커피 농장을 만들었다. 20세기 전반 세계 대전 중에는 군인들을 위한 주요 전략 물자였고, 후반에는 문화 권력의 핵심 음료가 되었다.

한편 한국의 대표 음식 김치는 1,300년의 역사를 지닌 한국 역사의 주인공이다. 삼국 시대 소금에 절인 순무, 가지,

부추로 시작된 김치는 이후 배추를 주재료로 여러 종류의 채소를 응용하면서 다양해졌고, 조선 시대 고추가 유입되어 김치 양념으로 자리 잡으면서 현재와 같은 김치가 만들어졌다. 김치는 겨울철 채소 공급원으로 재료에 따라 발효 과정을 거치며 다양한 형식과 맛을 지닌 한국 음식 최고의 채소 발명품이 되었다. 또한 한국인들에게 과거의 전통을 일깨워주며 한국인으로의 정체성을 확인시켜주는 상징적 음식이자, 함께 김치를 담그는 김장 문화를 통해 한국 사회가 도시화되고 생활환경이 바뀌었음에도 한국 전통의 공동체 문화를 지켜준다.

음식은 행복 인문학이다

인간은 요리하는 동물이다. 인간이 만드는 음식은 모두 문화에 속한다. 인간이 만드는 기본적 문화 환경 의식주 가운데 식食은 가장 원초적이다. "신은 죽었다"라는 명제의 철학자 니체가 말한 삶의 주체는 신이 아니라 인간 자신이며 삶이란 만들어가는 과정, 자신이 경험하는 현재가 가장 중요하다는 인식에 비추어보면, 삶에서 음식이야말로 가장 중요한 경험 문화라고 볼 수 있다. 음식은 인간의 생명을 유지하는 데 필수적이며, 매일 반복적으로 오감으로 체험하며 즐거움을 맛보는 현재의 연속이다. 음식은 개인의 삶과 처음부터 끝까지 함께하며, 사람들의 정체성을 보여준다. 그러므로 음식은 마땅히 인문학이며 모든 인문학은 음식에 뿌리를 두었다고 할 수 있다. 그중에서도 음식은 우리를 행복하게 하는 행복 인문학이다. 이 책의 독자분들이 음식의 진정한 가치와 함께 행복한 삶을 누리시길 바란다.

음식풍경
FOODSCAPE

2019년 5월 15일 초판 인쇄
2019년 5월 22일 초판 발행

지은이 김옥철
펴낸이 김옥철
편집장 정은주
디자인 김민환
마케팅 강소현, 김나연
인쇄 금강인쇄
펴낸곳 (주)안그라픽스
등록번호 제2-236(1975.7.7)

a. 03003 서울시 종로구 평창44길 2
t. 02.763.2303
f. 02.745.8065
m. agedit@ag.co.kr

. 이 도서의 국립중앙도서관 출판예정도서목록(CIP)은
서지정보유통지원시스템 홈페이지(http://seoji.nl.go.kr)와 국가자료공동목록시스템
(http://www.nl.go.kr/kolisnet)에서 이용하실 수 있습니다.
CIP제어번호 : CIP2019018347

ISBN : 978-89-7059-162-9 (03810)